商用日文

@ Email 範例

堀尾友紀／藤本紀子／田中綾子 ● 著　　江秀月 ● 譯

按國際貿易流程編寫內容
各情境直接套用，立即上手

- 內容簡潔明瞭
- 練習貼心、實用
- 商用Email的用法說明清楚
- 商用書信與Email的差異一目瞭然

二版

目　次

前　言 8

商用 Email 的寫法 10

商業書信的寫法 18

敬語表現 25

まちがいさがし 27

Part ❶ 建立新業務關係

1-1 Ⓐ　希望建立新業務關係的請求 33

覚えよう！❶ ～次第です 34

1-1 Ⓑ　希望建立新業務關係的請求 37

1-1 Ⓒ　希望建立新業務關係的請求 39

覚えよう！❷ ～（さ）せていただきます 40

1-2　接受對方建立新業務關係的要求 43

1-3　婉拒建立新業務關係的請求 45

1-4　尋求報價 47

1-5　通知送出估價單 49

1-6　請求再報價 51

1-7　婉拒重新估價 53

覚えよう！❸ ～かねます 54

1-8　要求寄送商品目錄 57

1-9　要求寄送資料 59

1-10　要求寄送樣品 61

1-11　確認價格的詢問 63

敬語に挑戦！❶ 　　　　64

1-12　洽詢交期・庫存・交易條件　　　　67

やってみよう！❶ 　　　　68

Part ❷ 下訂相關事宜

2-1　一般的下訂　　　　73

2-2　依商品目錄下訂　　　　75

2-3　依估價單下訂　　　　77

敬語に挑戦！❷ 　　　　78

2-4　展示會後的下訂　　　　81

2-5　特殊條件訂購　　　　83

2-6　下訂確認　　　　85

2-7　有條件接受訂單　　　　87

2-8　交期・規格確認　　　　89

2-9　請求更換訂購單　　　　91

2-10　取消訂單　　　　93

覚えよう！❹ 　〜ながら、…　　　　94

2-11　接受下訂後的感謝函　　　　97

2-12　婉拒訂單　　　　99

覚えよう！❺ 　（ぜひ）〜ようお願いいたします

　　　　100

2-13　因下訂商品缺貨而婉拒訂單　　　　103

2-14　拒絕新的下訂　　　　105

2-15　拒絕新的下訂　　　　107

やってみよう！❷ 　　　　108

Part ❸ 出貨處理

3-1	裝船通知	113
3-2	要求變更運送公司	115
3-3	請求出貨	117
3-4	請求付款 (要求開立 L/C)	119
3-5	要求交貨日期提前	121
	覚えよう！❻ ～ざるを得ません	122
3-6	出貨通知	125
3-7	數量不足的情況下出貨	127
3-8 Ⓐ	出貨延後通知	129
3-8 Ⓑ	出貨延後通知	131
3-9	查詢出貨是否收到	133
3-10	貨到通知	135
	敬語に挑戦！❸	136
3-11	缺貨通知	139
3-12	匯款通知	141
3-13	收到貨款通知	143
3-14	漲價通知	145
	覚えよう！❼ ～ まいります	146
3-15	降價通知	149
3-16	請求開立信用狀	151
3-17	請求修改信用狀	153
3-18	請求更改信用狀	155
	やってみよう！❸	156

Part ❹ 處理出貨糾紛

4-1	交期延遲抱怨	159
	覚えよう！❽ 恐れがございます	160
4-2	訂貨未到的詢問	163
4-3	交期延遲道歉	165
4-4	抗議數量不足	167
4-5	出貨失誤的致歉	169
	覚えよう！❾ ～所存でございます	170
4-6	出貨數量不足道歉	173
4-7	到貨不良品抗議	175
4-8	到貨不良品道歉	177
4-9	抗議規格不一樣	179
4-10	規格不一樣之說明	181
	敬語に挑戦！❹	182
4-11	貨款未付的抗議	185
4-12	付款未付的道歉	187
	やってみよう！❹	188

Part ❺ 維持後續關係

5-1	拜託持續下訂	193
5-2	新商品介紹	195
5-3	詢問是否需要訂購新商品	197
	覚えよう！❿ ～うえ、…	198

CONTENTS

5-4	要拜訪客戶的通知	201
5-5	感謝招待拜訪	203
5-6	敬邀參展	205
5-7	感謝參展	207
	敬語に挑戦！❺	208
5-8	請求參觀工廠	211
5-9	參觀工廠後感謝函	213
5-10	邀請參加新公司的成立酒會	215
5-11	邀請參加分公司成立酒會	217
	覚えよう！⓫ ～ため	218
5-12	邀請參加新產品發表會	221
5-13	邀請參加尾牙	223
5-14	敬邀餐會	225
	やってみよう！❺	226

Part ❻ 祝賀與慰問

6-1	謹賀新年	229
6-2	新公司設立的通知	231
	覚えよう！⓬ ～存じます	232
6-3	成立新公司的賀函	235
6-4	創業紀念日的賀函	237
6-5	颱風慰問函	239
6-6	地震慰問函	241
6-7	結婚致喜賀函	243
6-8	董事長就職祝賀的回禮	245
6-9	恭賀榮升的賀函	247

6-10　　恭賀得獎　　　　　　　　　　　　249

6-11　　感謝幫忙與照顧的感謝函　　　　251

6-12　　獲得成立分公司祝賀的感謝函　　253

6-13　　感謝來電　　　　　　　　　　　255

6-14　　協力廠商董事長逝世致哀　　　　257

　　　　覚えよう！⑬～ず　　　　　　258

　　　　やってみよう！⑥　　　　　　259

Part ❼ 變更通知

7-1　　總公司遷移通知　　　　　　　　263

7-2　　電話號碼變更通知　　　　　　　265

7-3　　承辦人更替通知　　　　　　　　267

7-4　　付款日變更通知　　　　　　　　269

　　　　覚えよう！⑭～のほど　　　270

7-5　　公休日變更通知　　　　　　　　273

7-6　　臨時公司休假通知　　　　　　　275

　　　　やってみよう！❼　　　　　276

　　　　解　答　　　　　　　　　　278

CONTENTS

在與日本公司貿易往來的公司工作，常需要以 Email 書信往來，如何寫一封通順達意的商用日文 Email 給日本客戶至關重要，合宜的書信溝通，可以讓彼此的合作關係更為順暢，更上一層樓。

如果老闆要求你寫一封信，向日本客戶介紹公司的新產品，或是公司交貨給日方發生問題需要跟日方公司說明，那麼《商用日文 Email 範例》馬上就可以派上用場。

本書的日文商業文書內容，是**針對與日方貿易往來的實際職場現況而設計，並以貿易往來的流程安排內容的順序。**捨去使用頻率不高的「公司內部文書」（台灣公司使用「公司內文書」的機會不多）將火力集中在與日方貿易往來的書信上，盡量貼近工作第一線的實際需求，寫出最可能需要的書信內容。

收錄內容包含：

- 自我推薦及估價等。
- 下訂、接受下訂，及後續訂單的處理。
- 出貨、請款，及貨物後續處理。
- 抱怨及道歉的處理。
- 平常關係的維持、招待信以及致謝信函。
- 祝賀信及慰問信。
- 變更的通知等。

這些日常業務所需的**商用 Email 範例**，以及**每個 Part 頁中的重點好用句**，都可以直接套用，您只要依需求加以適度修改即可，使用起來非常方便。

除此之外，針對一般日文與商用日文轉換的障礙，本書設計了練習題，提供讀者做反饋練習：**針對商業文書中特有的固定表現的「まちがいさがし！」；針對設計的情境試著自行撰寫的「やってみよう！」。**

另外，針對許多人不拿手的商業文書敬語，則設計了**「覚えよう！」、「敬語に挑戦！」**，協助大家更能掌握日文商用敬語的要領。商業文書最重要的宗旨是清楚明確地將要件傳達給對方，這兩單元協助讀者掌握簡潔達禮的敬語，寫出老闆以及日本客戶滿意的日文商用 Email ！

學生學好本書的書信內容，可為未來投入工作戰場，做好萬全的準備；在職場上的上班族可將本書當作工作中的好伙伴；即將進入職場的新鮮人，也可以學習商業書信的用字遣詞，幫助您在工作面試、筆試中攻城略地，找到理想中的工作。

希望我們精心設計的《商用日文 Email 範例》助大家一臂之力，成為大家的好幫手！

01 商用 Email 的寫法

　　以前的商業文書是以紙本的書信郵寄，或是以傳真方式處理，但是現在大部分都是使用 Email。主要是因為 Email 有下列的好處：

- 免費
- 不必受時間的限制
- 可以迅速地書信往返，工作更有效率
- 可以同時寄給多人
- 回信、轉寄、引用容易
- 可以附加影像及聲音等檔案
- 留下書信往返履歷，可防止傳達錯誤及糾紛
- 可以在不同地點收信

　　紙本的書信與商用 Email 兩者其實是類似的，但是商用 Email 因為感覺上像是在對話，所以其用法比較傾向會話敬語，而商業書信則是偏向書面文章敬語。

　　但是要注意，因為 Email 具有類似「會話」的特性，使得彼此容易產生「親近感」而拉近距離。但是要小心不要超過分際而落為失禮，造成反效果。特別是太過於口語的用法、表情符號等等，不可以使用。

Email 的樣式

宛先：	abcdef1111@xxxxx.co.jp ⓐ
ＣＣ：	ghijkl-mn2@xxxx.co.jp ⓑ
ＢＣＣ：	koyoyu@xxxx.com ⓒ
件名：	カタログ送付のご通知 ⓓ
添付：	ⓔ

×××追株式会社
海外開発部長　××××様　ⓕ

○○國際の黃です。　ⓖ
いつもお世話になっております。　ⓗ

先日ご依頼いただきました「ＥＣ-１２」新シリーズの製品カタロ
グを本日ＥＭＳにてご送付いたしました。
この二、三日のうちに到着の予定です。ご査証ください。　ⓘ

ご不明な点等がございましたら、お問い合わせください。　ⓙ

以上、宜しくお願い申し上げます。　ⓚ

・・・・・・・・・・・・・・・・・・・・・・・・・

黃幸子
○○國際有限公司

Email : sachiko@xxxxx.com.tw　ⓛ
110xx 台北市 x x 區 x x 路 x 號
TEL : +886-2-xxxx-xxxx
FAX : +886-2-xxxx-xxxx
URL : http://www.xxx.com.tw/

・・・・・・・・・・・・・・・・・・・・・・・・・

ⓐ 收信人 Email 郵址

ⓑ 副件收信人 Email 郵址

ⓒ 密件收信人 Email 郵址（與「CC」不同，使用「BCC」，其他的收件人的郵址
不會顯示）

- ⓓ **寄件主旨**。要避免空泛的主旨，儘量簡潔明確。
- ⓔ **附加檔案**。如有要附加的檔案，要寄出之前，一定要檢查是否已附上。如果要壓縮檔案，要先確認對方是否有軟體可以解壓縮。
- ⓕ **收信者**。人名原則是要寫全名；**複數的對象**則用「新商品開発担当者各位」、「関係者各位」、「メール会員の皆様」等；**負責人不明**則用「株式会社〇〇〇ご担当者様」
- ⓖ **寄信者名**。彼此往來頻繁時，可以省略。
- ⓗ **招呼語**。其他還有「いつもご利用いただき、ありがとうございます。」等等。
- ⓘ **本文**。
- ⓙ **本文結尾**。也有許多習慣的用法，如「これからも、どうぞよろしくお願いいたします」等等。
- ⓚ **整個郵件的結語**。常用的還有：「以上取り急ぎ、ご連絡まで」等等。
- ⓛ **署名**。署名的功能，不要忘了設定。

寫 Email 的要點

　　商業 Email 的收件「主旨」類似商業書信的「文件名」；其他部分的結構順序是「招呼語」→「本文」→「結語」。「本文」部分與商業書信的差不多，但是商業 Email 的「招呼語」、「結語」的部分，相較之下則是比較簡單。

商業 Email 的撰寫要點如下：

◆ **主旨要具體明確** ：有人會在主旨處僅寫「お願い」、「至急」、「先日の件」、「〇〇（名前）です」、「ありがとうございました」等等，這樣子的話太模糊。最好寫具體一點，如「S-400 シリーズ　資料送付のお願い」、「BL50 納期遅れについて【至急】」。

　　如果是回覆對方的信，可以在原主旨後面加上「『ご回答』」，如「Re：S-400 シリーズ　資料送付のお願い【ご回答】」

如果雙方 Email 來回數封後，本來的主旨已經不符合內文了，就要改新的主旨，才
不會造成彼此的誤解。

◆ **招呼語要簡潔：** 商用 Email 的「招呼語」，不需要如同商業書信的「○○の候、
貴社ますます…」，簡潔即可。

常用的如下：

- いつも（大変）お世話になっております。（最為一般）
- 日頃よりご利用いただき、ありがとうございます。（對方是客人）
- このたび（先日）は、ありがとうございました。（含謝意）
- 早々のご返事、ありがとうございます。（回覆對方時使用）
- 初めてメールさせていただきます。○○と申します。（第一次接觸）
- お疲れ様です。（對公司內部）

其他的還有：

- このたびは、ご注文を
  いつもお引き立て
  平素より格別のご協力を
  ご連絡
  ＋
  いただき（誠に）ありがとうございます。

- いつもお世話になり、ありがとうございます。
- その節は大変お世話になり、ありがとうございました。
- 毎度ご利用ありがとうございます。

- いつも弊社サービスをご利用いただき、お礼申し上げます。
- 貴社ますますご清栄のこととお慶び申し上げます。

- ご無沙汰しております。
- 早速のご連絡ありがとうございます。
- ご連絡が遅くなり、大変申し訳ございません。
- ご連絡ありがとうございます。

⇨ 毎度（まいど）
日頃（ひごろ）のお引（ひ）き立（た）て ｝ ＋ ありがとうございます。

⇨ 毎度（まいど）お引（ひ）き立（た）ていただき、厚（あつ）くお礼（れい）申（もう）しあげます。

⇨ 平素（へいそ）より格別（かくべつ）のお引（ひ）き立（た）てをいただき、ありがとうございます。

⇨ 平素（へいそ）は
日頃（ひごろ）より ｝ ＋ ご愛顧（あいこ）を 賜（たまわ）り、厚（あつ）くお礼（れいもう）申しあげます。

◆商用 Email 的「結語」，常用的有：

⇨ 以上（いじょう）

なにとぞ
ご検討（けんとう）のほど ｝ ＋ ｛ よろしくお願（ねが）いいたします。
ご協力（きょうりょく）のほど、 よろしくお願（ねが）い申（もう）し上（あ）げます。

⇨ よろしく ＋ ｛ ご査証（さしょう）のほど
ご確認（かくにん）のほど ｝ ＋ ｛ お願（ねが）いいたします。
お願（ねが）い申（もう）し上（あ）げます。

⇨ 今後（こんご）とも ＋ ｛ よろしく
お引（ひ）き立（た）てのほど
ご愛顧（あいこ）のほど
引（ひ）き続（つづ）き ｝ ＋ （よろしく）お願（ねが）いいたします。

⇨ 以上（いじょう）
取（と）り急（いそ）ぎ
まずは ｝ ＋ ｛ ご連絡（れんらく）まで。
お礼（れい）まで。
お知（し）らせいたします。
用件（ようけん）のみにて。

⇨ 今後（こんご）とも（同様（どうよう））お引（ひ）き立（た）てくださいますようお願（ねがもう）い申し上（あ）げます。

⇨ まずは、お礼（れい）かたがたご報告（ほうこく）まで。

⇨ 取（と）り急（いそ）ぎ失礼（しつれい）のお詫（わ）びかたがたお礼（れい）まで。

⇨ なにとぞご了承（りょうしょう）ください。

⇨ 悪（あ）しからずご容赦（ようしゃ）ください。

⇨ 取（と）り急（いそ）ぎご連絡（れんらくもう）申し上（あ）げます。

➲ また
折り返し
決まり次第、 ┐+ ご連絡いたします。

➲ お手数ですが、折り返しご返信のほどお願いします。

➲ 恐れ入りますが、○日までにご返答いただけますよう、お願い申し上げます。

➲ ご教示ください。

➲ ご指示いただきますよう、お願いいたします。

➲ ご連絡
ご返事
お知らせ ┐+ お待ちしています。
いただければ幸いです。
を賜りますよう、お願いいたします。
お待ち申し上げます。
いただきますよう、お願い申し上げます。

➲ 早急にご対応いただきますよう、お願いします。

➲ ではよろしくお願いいたします。

➲ ご協力よろしくお願いいたします。

➲ ご協力いただけますよう、お願い申し上げます。

➲ その節は、よろしくお願いいたします。

➲ 大変勝手ではございますが、よろしくお願いいたします。

➲ 誠に勝手なお願いではございますが、よろしくお願いいたします。

➲ それでは失礼いたします。

➲ メールにて失礼いたします。

➲ それでは、今後ともよろしくお願いいたします。

➲ ご検討くださいますよう、お願い申し上げます。

➲ ぜひご検討いただきますよう、お願い申し上げます。

➲ ぜひ一度ご覧いただきますよう、お願いいたします。

15

⊃ お詫び申し上げます。

⊃ ご期待に沿えず、申し訳ありませんでした。

⊃ ご理解の上ご容赦いただきますよう、お願い申し上げます。

⊃ 深くお詫び申し上げます。

⊃ 重ねてお詫び申し上げます。

◆ 空行、斷行：寫商用 Email 時，每一個段落前不用空一格。每一個段落之間會空一行，還有在適當字數內（約 30 字）、文意有轉換等等情況下，可以換行，讓內容更為容易閱讀。

◆ 日期：與商業文書不同，因為 Email 傳送時已經有日期記錄，所以不需要寫上日期。

◆ 附加檔案：有附加檔案時，可以在本文的最後加上「添付：○○」，或是「○○についてのファイルを添付しましたので、ご確認ください。」

◆ 亂碼及誤字：寫日文書信時，儘量不要使用特殊符號，以避免文字變成亂碼。像是「①、②、③、㈱、㈲、kg、Ⅰ、Ⅱ、Ⅲ、ｱｲｳｴｵ、℡、☎」等等。**在將信寄出去之前，一定要再檢查是否有電腦選字錯誤或錯字**，以免造成額外的紛爭或麻煩。

◆ 轉寄、回信：轉寄時，主旨處會出現「FW:」或是「Fwd:」，轉寄的內文的行開頭會出現「＞」符號。如：

>先方の都合のよい日時です。ご都合はいかがでしょう。

＞ 3 月 15 日（水）　午後 2 時

＞ 3 月 17 日（金）　午前 10 時

　3 月 15 日午後 2 時にしてください。

不管是轉寄或是回信，可以斟酌情況決定是否要將對方的信件原內容刪除。如果是商務往來，留著可以了解前後來龍去脈，太多而過繁瑣時，也可以刪除，以保持簡潔易讀性。

◆ **信件署名：**正式的 Email 最好要有信件署名，內容要含寄件者的姓名、公司名、部署名、Email 郵址、地址、電話號碼、傳真號碼、公司網址等等。

◆ **避免過於口語：**寫 Email 讓人覺得就像在跟對方聊天，有時用法會比較口語。但是在商用 Email 中，要注意不要太過於親暱，儘量不要用「ね」、「よ」等終助詞，也儘量避免使用「！」、「？」等等。

02 商業書信的寫法

　　對國際貿易而言，Email 有其節省時間的優勢、便捷的特點，但是商業書信可以表達鄭重之意，即使是時代再進步，因為日本人重視禮儀，仍有其必要性。因此慎重的合約、道歉信、介紹信等等仍是以使用商業書信居多。

　　紙本的商業書信基本上與商用 Email 是大同小異的，商業書信有一定的禮儀及固定的格式，一定得遵守。例如文書開頭需要有季節問候、賀辭、謝辭；有固定的開頭結尾語「…敬具」等等。如果有機會需要用到商業書信時，只要將下列的格式套入，就可以使用。

書信格式

No. ○○○－○○
平成○年○月○日　❶ 日期及文件號碼

○○○株式会社
○○○部長○○○様　❷ 收件人

○○○株式会社
○○部○○○○㊞　❸ 發件人

○○○についてのお願い　❹ 件名

拝啓・・・・・・・・・・・・・・・・・・・・・・・・・・・・・・・
・・・・・・・・・・・・・・・・・・・・・・・・・・・・・・・・・・・
　さて、・・・・・・・・・・・・・・・・・・・・・・・・・・・・・・
・・・・・・・・・・・・・・・・・・・・・・・・・・・・・・・・・・・
　つきましては・・・・・・・・・・・・・・・・・・・・・・・・　❺ 本文
・・・・・・・・・・・・・・・・・・・・・・・・・・・・・・・・・・・
　まずは、・・・・・・・・・・・・・・・・・・・・・・・・・・・・
・・・・・・・・・・・・・・・・・・・・・・・・・・・・・・・・・・・

敬具

記
1.・・・・・・・・・・・・・・・・・・・・
2.・・・・・・・・・・・・・・・・・・・・　❻ 別記
〔添付書類〕○○○枚

以上

担当○○課○○○
電話○○○○－○○○○　❼ 承辦人員

購本案第 245 号 ⓐ

20××年×月×日 ⓑ

××××株式会社
海外開発部長　××××様 ⓒ

〇〇電子有限会社
代表取締役　　△△△ ⓓ

見積りのお願い ⓔ

拝啓 ⓕ　　新春の候、貴社ますますご隆盛のこととお慶び申し上げます。平素はひとかたならぬお引き立てを賜り、厚くお礼申し上げます。ⓖ

　さて、今回貴社製品×××に興味があり、購入を検討しております。つきましては、下記内訳にて至急お見積りをいただきたく存じます。ⓗ

　お忙しいところお手数おかけしますが、よろしくお願いしたします。ⓘ

敬具 ⓙ

…………記……………

1. 品名　　　　×××
2. 注文数　　　×××
3. 納期　　　　×月×日
4. 支払条件　　T/T
5. 運送諸掛　　貴社ご負担
6. 運送方法　　貴社ご一任　ⓚ

お問合せ先　購買本部（遠藤義彦）

03-2230-5518 内線番号 568 ⓛ

以上 ⓜ

ⓐ **文書號碼**。文書歸檔號碼，可省略。

ⓑ **發信日期**。如果是官方文書，會用年號（如「平成」），而不用西元。

ⓒ **受信者名**。包含受信者公司名稱、單位名稱、姓名。公司名不可以用簡略的方式，如「（株）／（社）」。

收信者是個人時：一般用「様（さま）」，也可以使用「殿（どの）」、「先生（せんせい）」。「殿（どの）」用官方文書，但是現在已經漸漸被「様（さま）」取代。

> 例 遠藤義彦様（えんどうよしひこさま）、遠藤義彦先生（せんせい）、遠藤義彦殿（どの）

收信者是組織時：用「御中（おんちゅう）」。

> 例 ××××株式会社御中（おんちゅう）、××××株式会社営業部御中（えいぎょう ぶ おんちゅう）

收信者二人以上時：用「各位（かく い）」。

> 例 お客様各位（きゃくさまかく い）

ⓓ **發信者名**。包含受信者公司名稱、單位名稱、姓名、住址，住址可以省略。單位名稱、姓名、電話等等，有時也會寫在信尾。正式書信可以在右邊蓋上公司或職印，亦可省略。

ⓔ **文件名**。這封文件的名稱，最好是簡潔明瞭。

ⓕ **頭語**。「頭語」與「結語」是對應使用的。常用的有：

一般	：拝啓（はいけい）➡敬具（けいぐ）
更禮貌時：	謹啓（きんけい）➡敬具（けいぐ）、敬白（けいはく）
回信時	：拝復（はいふく）➡敬具（けいぐ）
前文省略時：	前略（ぜんりゃく）➡草々（そうそう）

ⓖ **前文**。包含季節問候、賀辭、謝辭等等。但是像是「新春の候」的季節問候語，因為不易掌握正確的時令，可用「時下（じ か）」代替。 例 「時下ますますご隆盛のこととお慶び申し上げます。」 另外，賀辭或謝辭可以擇一使用。

> 例 「新春の候、貴社ますますご隆盛のことと、お慶び申し上げます。」（**賀辭**）、「平素はひとかたならぬお引き立てを賜り、厚くお礼申し上げます。」（**謝辭**）這兩句，可以選擇其中一句書寫即可。但是如果頭語是「前略」、「冠省」時，則兩句都可以省略，直接從主文開始寫。

ⓗ **主文**。一般以「さて」開始。

ⓘ **文末**。書信的結尾，也可以不寫。

ⓙ 結語。與頭語必須是對照的。如「拜啓➡敬具」。

ⓚ 別記。根據本文的內容，將必要的資訊寫在「記」的下面，讓資訊更明顯。

ⓛ 「添付資料」：添加的資訊可以寫在這裡。

ⓜ 「記」的結語。有時可視情況省略。

信封格式

直式正面▼　　　　　　　　　　　直式背面▼

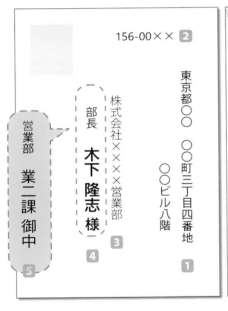

橫式正面▼　　　　　　　　　　　橫式背面▼

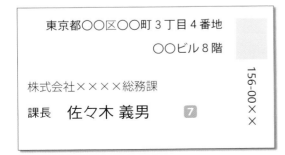

1 住址寫在右端，從空 1 公分處開始寫。若寫不下要換行時，第二行要比第一行位置低。➜ 原則上，直寫時數字要用大寫書寫。（橫寫時數字用阿拉伯數字書寫）

2 郵遞區號要放在右上方，左側貼郵票。

3 公司名、職位名要寫得比收件者名小。

4 收件者寫在正中央，為封面元素中字最大的。

5 收件者為單位時用「御中（おんちゅう）」；收件者為個人時用「樣（さま）」

6 封口處要寫上「〆」符號。

7 收件者名要置中寫大。

「前文」的基本構造

　　在日文書信中，「前文」的內容很多是固定的，只要熟悉幾句，就可以運用自如。

　　「前文」的出現的內容包含「季節問候」、「賀辭」、「謝辭」。其順序為「季節問候➡賀辭➡謝辭」，如：

例　「若葉の候、➡ますますご隆盛のこととお慶び申し上げます。➡平素は格別のご高配にあずかり、ありがたくお礼申し上げます。」

季節問候（可以省略。常用的如下：）

1月	厳寒（げんかん） 厳冬（げんとう） 新春（しんしゅん） ：	の候（こう）	5月	新緑（しんりょく） 青葉（あおば） 若葉（わかば） 薫風（くんぷう） ：	の候（こう）	9月	初秋（しょしゅう） 秋風（しゅうふう） 新涼（しんりょう） ：	の候（こう）
2月	春寒（しゅんかん） 向春（こうしゅん） 立春（りっしゅん） ：	の候（こう）	6月	梅雨（つゆ） 初夏（はか） 向暑（こうしょ） ：	の候（こう）	10月	秋冷（しゅうれい） 紅葉（こうよう） 秋晴（あきばれ） ：	の候（こう）
3月	早春（そうしゅん） 春寒（しゅんかん） 春暖（しゅんだん） ：	の候（こう）	7月	盛夏（せいか） 猛暑（もうしょ） 炎暑（えんしょ） ：	の候（こう）	11月	晩秋（ばんしゅう） 落葉（らくよう） 向寒（こうかん） ：	の候（こう）
4月	陽春（ようしゅん） 晩春（ばんしゅん） 惜春（せきしゅん） ：	の候（こう）	8月	残暑（ざんしょ） 猛暑（もうしょ） 秋暑（しゅうしょ） ：	の候（こう）	12月	初冬（しょとう） 寒冷（かんれい） 歳末（さいまつ） ：	の候（こう）

賀辭

貴社[1]		ご隆盛の	ことと	お慶び申し上げます。
貴店		ご隆昌の	段	
御社		ご繁栄の		
	いよいよ	ご清祥の		
	ますます			
貴台		ご健勝の	趣	何よりと存じ上げます。
貴職		ご清栄の		
〇〇様[2]		ご清祥の		

謝辭

平素は	格別な	お引き立て	を賜り
いつも	（の）	ご高配	にあずかり
日頃は	一方ならぬ	ご厚情	をくださり
このたびは	何かと	ご愛顧	をいただき
	多大な	ご用命	
	いろいろと	ご厚誼	
		ご支援	

（まことに）（ありがたく）[3]	厚く	お礼申し上げます。
	心より	
	衷心より	

[1] 適用於對公司。

[2] 適用於對個人。

[3] 「まことに」與「ありがたく」二者可以合用，或是擇其一。

03 敬語表現

對人表達敬意而使用的言詞稱作敬語，然而依照表達敬意方式的不同，敬語一般分為「尊敬語」「謙讓語」及「丁寧語」三種。

❶ 直接將對方地位提高的語詞稱為「尊敬語」。
❷ 將自己地位降低，而間接使得對方地位提高的語詞稱作「謙讓語」。
❸ 說話者將自己的語詞禮貌性地表達出來，以示敬意，便稱作「丁寧語」。

那要怎麼才能呈現敬語表現呢？
一般來說可以利用：

1 加接頭語或接尾語（お、ご等）。

在表示對方或自己的行動、擁有物、狀態語詞的前後，附加上表達尊敬或謙讓、丁寧的語詞，來表示敬意。例如「お仕事」「貴社」「拝見」「弊社」等，在語詞前方所附加的，稱作「接頭語」。「お」及「貴」是表示敬意的接頭語，而「拝」及「弊」則是表示謙讓語意的接頭語。另外，如「山田様」「課長殿」的「様」「殿」之類，在語詞後方所附加的，稱作「接尾語」。在這其中，也分為表敬意的接尾語，及表謙意的接尾語。

此外，也有如同「お昼休み」「ごほうび」之類，雖然和對方及自己沒有特別關係，但用禮貌性方式來表達的丁寧語。

2 用專用的敬語（いる→いらっしゃる等）。

將一般動詞代換為「專用敬語」。請將其當作基本單字背起來。如：

- いらっしゃる：「いる」的尊敬語。
- おる：「いる」的謙讓語。
- なさる：「する」的尊敬語。
- いたす：「する」的謙讓語。

3 使用「お…になる」等句型。

若該動詞並沒有「專用敬語」可替代使用，可接續「れる・られる」或「お（ご）…になる、ご…ください」等（表示尊敬）、「お…いたす、お…する、ご…いただく、お…申し上げる」（表示謙讓）等句型，使之成為敬語。

4 構成丁寧語的方式。

將主要語尾，變化為「です」、「ます」，來表達對聽者的敬意，就形成「丁寧語」。

5 本身非敬語，但襯托敬語的表達方式。

將日常生活中使用的語詞，代換為更為正式的用語。如：

普通說法	正式說法
いくら	いかほど （若干）
どう	いかが（如何）
どこ	どちら（哪裡）
どれ	どちら（那位）
どんな	どのような（如何地）
後で	後ほど（稍後）
どれくらい	いかばかり　（何等地）
どっち	どちら（哪邊）
そっち	そちら　（那邊）
こっち	こちら　（這邊）
あっち	あちら　（那邊）
すぐに	ただ今、至急 （立即）

＊時間的正式用語，請參照 P183）

26

下列的文書中，有幾個地方沒有遵守商業書信的規則，請找出來，並改成適切的表現。

件名： お願い

株式会社ヘイセイ

はじめまして。〇〇部品の陳と申します！
弊社は台湾台北に本社を構え、プラスチック部品の製造販売を手がけて 30 年余の歴史を持っております。このたび日本での販売を検討しておりましたところ、貴社のＨＰを拝見し、ぜひ弊社とお取引をお願いします。お忙しいところまことに恐縮ですが、弊社とのお取引について、ご意向をお知らせいただければ幸いです。なお、弊社の実績につきましては下記ＨＰをご覧くださいね。

よろしくお願いします。

· ·

陳〇〇
〇〇部品有限公司
Email：xxxxxx@xxxxx.com.tw
110xx 台北市××區××路×號
TEL：+886-2-xxxx-xxxx
FAX：+886-2-xxxx-xxxx
URL：http://www.xxx.com.tw/

· ·

下列的文書中，有幾個地方沒有遵守商業書信的規則，請找出來，並改成適切的表現。

件名： SS-400-PC　見積のご依頼

高木電子工業株式会社
営業部　野村順一様

拝啓　陽春の候、貴社ますますご清栄のことと、お慶び申し上げます。

弊社では、新たな製品の購入を検討しております。

つきましては、下記条件によるお見積もりをお送りいただけますでしょうか？

ご多忙中、お手数をおかけしますが、取り急ぎお願い申し上げます。

敬具

.............記.............
品名：高圧バルブ
型番：SS-400-PC
注文数：100pcs
納期：xxxx 年 x 月 xx 日
支払い方法：T/T

運送方法：貴社ご一任
運賃諸掛：貴社ご負担
支払い方法：着荷後 30 日後払い

以上

王○○
○○有限公司

下列的文書中，有幾個地方沒有遵守商業書信的規則，請找出來，並改成適切的表現。

件名： Re:「HMJ-2500-SP　500 本」返品のお願い

藪商事㈱
物流部　岡本圭一様

いつも大変お世話になっております。

さて、当月 10 日付けのメールでご要請がありました、
「HMJ-2500-SP　500 本」ご返品の件でございますが、
この品は特注品のため返品はできません。

. . . .

林〇〇
〇〇有限公司
Email：xxxxxx@xxxxx.com.tw
xxxxx 台中市××區××路×號
TEL：+886-x-xxxx-xxxx
FAX：+886-x-xxxx-xxxx
URL：http://www.xxx.com.tw/

. . . .

下列的文書中，有幾個地方沒有遵守商業書信的規則，請找出來，並改成適切的表現。

件名： 9月3日付、貴社ご注文番号 00003652
「WLD7500　液晶ディスプレイ」

ジャンプ電機株式会社
海外開発部　中島涼介様

いつもご利用いただき心よりお礼申し上げます。

このたびは弊社製品をご注文いただき、
誠にありがとうございます（ ^-^ ）/
「WLD7500　液晶ディスプレイ」50台は、
出荷準備が整ったら、あらためて発送のご連絡をさせていただきます。

不明点は李まで。

まずはご注文のお礼まで。
. . . .

李○○
○○有限公司
Email：xxxxxx@xxxxx.com.tw
110xx 台北市××區××路×號
TEL：+886-2-xxxx-xxxx
FAX：+886-2-xxxx-xxxx
URL：http://www.xxx.com.tw/
. . . .

Part 1

建立新業務關係

向未曾有往來關係的公司聯絡時，可以多多利用下面的句子。

- 初めてメールさせていただきます。
- 初めてのご連絡で失礼いたします。
- 突然の失礼とは存じながら、初めてメールを差し上げます。
- 突然メールを差し上げるご無礼をお許しください。
- 初めまして、私、○○（社名）○○（部署名・役職）○○（氏名）と申します。

件名：新規取引のお願い

〇〇株式会社

海外開発部長　高橋博様

突然の失礼とは存じながら、初めてメールを差し上げます。

　私、大和株式会社営業部の黄仁邦と申します。

このたび貴社との新規取引をお願いしたく、メールさせていただいた次第でございます。

弊社は 1995 年創業以来、台湾新竹市に本社を構え、アジア、ヨーロッパを中心とした、主に携帯電話の基板の製造・販売を行っております。

本年❶弊社は、ISO9002 取得を機に、更なる技術開発と日本での弊社製品の販売を検討しておりました。貴社のご隆盛を承り、是非ともお取引願いたいと存じた次第でございます。

弊社及び製品に関する資料❷を添付いたしますので。ご高覧いただきますとともに、ご検討賜りますよう、よろしくお願い申し上げます。

遠方ゆえ、まずはメールにてお願いいたします。

（署名）

1-1 Ⓐ希望建立新業務關係的請求

主旨：請求建立新業務關係

○○股份有限公司
海外開發經理　高橋博先生

突然寫 Email 給您，實感失禮（敬請見諒）。我是大和股份有限公司的業務部
黃仁邦。

此次致函是希望與貴公司建立新業務（往來）關係。

本公司於 1995 年成立，總公司設於台灣新竹市，主要業務內容是製造及銷售
歐亞手機機板。

公司於本年度取得 ISO9002 認證合格，藉此機會希望進一步提升技術開發，
同時讓本公司的商品於日本販售。
得知貴公司經營興隆，特此向貴公司請託建立新業務關係。

特此附上敝公司的資料和相關產品的資料，懇請過目檢討後 惠與彼此業務往
來的機會。

因距離遙遠，僅以 Email 函達。

（署名）

---

❶ 同「今年^{ことし}」。
❷ 向對方簡介時，可以附上「弊社経歷書^{へいしゃけいれきしょ}」（公司介紹）、「製品^{せいひん}カタログ」（產品目錄）
　 等
❸ 本書的中譯，為求通順合乎中文用法，翻譯時可能會有前後文調置的現象。

～次第です

以「動詞／い形容詞、な形容詞的名詞修飾形＋次第です」的形式説明「事情變成～結果」，在商務文書中，向對方説明事情時經常使用。「動詞ます形／名詞＋次第…」則表示「～たらすぐ～する（～之後，馬上～）」。

練習 1　請改為正確表現。

例 お取引願いたく、メールをさしあげました。

⇨　お取引願いたく、メールをさしあげた次第です。

❶ お越し願いたく、ご案内をさしあげました。

⇨　_____

❷ お客様のご理解をお願い申し上げます。

⇨　_____

❸ 申し訳ありませんが、発売中止に至りました。

⇨　_____

❹ 原油価格の高騰で、弊社の努力だけでは対応しきれなくなりました。

⇨　_____

練習
2

請改為正確表現。

例 定員になったらすぐ、予約受付を 終 了 させていただきます。
⮕ 定員になり次第、予約受付を終了させていただきます。

❶ 見通しが立ったらすぐ、ご連絡申し上げます。
⮕ _____

❷ 商 品が到 着 したらすぐ、送金いたします。
⮕ _____

❸ 内容が確認できたらすぐ、正規にご発 注 いたします。
⮕ _____

❹ 詳しい日程が決まったらすぐ、ご連絡いたします。
⮕ _____

件名：新規お取引のお願い

×××× 株式会社
ご担当者　様

時下ますますご発展のことと、お慶び申し上げます。
　私、大和株式会社、営業部の黄仁邦と申します。

さて、弊社では日本シェア拡大のため、各方面調査をいたしており
ました。つきましては、御地で最も実績のある貴社と、ぜひとも
お取引をさせていただきたく、メールをお送りした次第でございま
す。

弊社といたしましても品質やサービスについては他の業者にひけを
とらない自信を持っております。

なお、下記 URL で弊社の会社概要、製品紹介をしております。お手
数ですが、ぜひ一度ご高覧いただければ幸いです。
また、弊社の信用状況につきましては、商社○○様、△△△銀行
□□支店にご照会❶ください。

略儀ながら、メールにて新規お取引のお願いを申し上げます。

（署名）

1-1 **B** 希望建立新業務關係的請求

主旨：建立新業務關係的請求

××××股份有限公司
商品承辦人

首先祝貴公司業務日益興隆。
我是大和股份有限公司的業務部黃仁邦。

本公司為擴大日本占有率而做了各方調查，經調查得知貴公司在當地績效最為優良，特此致函請求與貴公司建立業務往來關係。

本公司有信心可以較同業者提供更優良的商品以及最佳的服務。

關於本公司請見下列的網址，其中有敝公司的概要及製品紹介，懇請您前往瀏覽。此外，關於本公司的信用狀況歡迎貴公司向商社○○○○，或是向△△△銀行□□分行詢問。

特此以電郵請託建立新業務關係。

（署名）

---

❶ 「詢問」的意思。

件名：新規お取引のお願い

×××株式会社
ご担当者　様

時下ますますご清栄のことと、お慶び申し上げます。
　私、大和株式会社、営業部の黄仁邦と申します。

弊店は台中にて○○の販売業を営んでおります。
このたび事業を拡大のため調査をいたしておりました。貴社サイトを拝見いたしましたところ、当方の販売希望の製品を多種扱っておられることを承知いたしました。

つきましては、ぜひともこの機会に御社製品を仕入れさせていただきたく、メールをお送りした次第でございます。

なお、弊店の案内書ならびに経歴書を添付させていただきますので、ご検討のほどよろしくお願いします。
また、弊店の信用状況につきましては、××へお問い合わせくだされば幸いでございます。

略儀ながら、メールをもってお願い申し上げます。

添付ファイル：弊店案内パンフレット／弊店経歴書

（署名）

1-1 C 希望建立新業務關係的請求

主旨：建立新業務關係的請求

××××股份有限公司
商品承辦人

謹祝貴公司業務日益興隆。
我是大和股份有限公司的業務部黃仁邦。

敝營業店在台北中從事○○的販售。目前為了擴大事業規模作了種種市場調查，也上了貴公司的商品網站，得知貴公司所銷售的產品中，許多正好是本店所希望推展的商品。因此，誠摯地提出請求，希望能夠訂購貴公司的產品。

附上本店的簡介和公司沿革，敬請檢討評估。有關本店的信用狀況，歡迎向××詢問。

敬請惠與交易往來機會。

附加檔案：本店簡介／公司沿革

（署名）

～（さ）せていただきます

以「使役動詞て形＋いただきます」的形式，表示以謙遜的口氣請求對方的許可。「させていただきます」就是「します」的使役形「させます」加上「もらいます」的謙讓語「いただきます」。要注意，使用過於頻繁的話，反而會給人諷刺的感覺，所以要注意不要過度使用。可以適度地用「～いたします」替代。

請改為正確表現。

例　（私が）担当します。

➪　担当させていただきます。

---

❶　（私が）確認します。

➪

---

❷　（御社が）取り扱いします。

➪

---

❸　（私が）送付しました。

➪

請改為正確表現。

例 貴社の工場を見学したいので、よろしくお願い申し上げます。

➡ 貴社の工場を見学させていただきたく、よろしくお願い申し上げます。
_____

❶ 確認したいので、よろしくお願い申し上げます。

➡ _____

❷ 今後お取引したいので、メールをさしあげた次第です。

➡ _____

❸ 欠席しますので、よろしくお願いいたします。

➡ _____

件名：新規お取引 承諾の件

××××株式会社
海外開発部長　××××様

株式会社○○、営業部の山田一郎と申します。

このたびは新規お取引のお申し出をいただき、誠にありがとうございました。

貴社の事業内容を拝見いたし、見事な業績及び多くの優れた製品について、承知いたしました。

このたびのお申し出は、弊社といたしましても業務拡張にも繋がり、願ってもないお取引でございますゆえ、有難くお受けいたします。

なお、取引条件につきましては近日中に部内で検討する予定です。詳細におきましては、その節にご相談させていただきたく存じます❶。
ご不明の点などございます際は弊社××部○○までお問い合わせください。

メールにて恐縮ではございますが、今後ともよろしくお引き立てのほど、お願い申し上げます。

（署名）

1-2　接受對方建立新業務關係的要求

主旨：接受建立新業務關係的要求

××××股份有限公司
海外開發部　××××經理

承蒙您的照顧。
我是○○股份有限公司業務部的山田一郎。

承蒙貴公司提出建立新交易業務關係的要求，非常感謝。

我們於貴公司網站上看到了貴公司的業務內容，得知貴公司有卓越的業績及眾多優秀的產品。此次貴公司的要求，對本公司的業務擴展亦有助益，真是求之不得的好事，本公司非常樂意接受。

關於交易往來條件，近日公司部門會進行討論，屆時再與您商議。若有不明瞭的地方，請與敝公司 ×× 部門的○○○聯絡。

不好意思以 Email 與您連絡，今後仍請多多指教與愛顧。

（署名）

---

❶ 如果已有例行的交易慣例，也可附上「取引規定書」（交易條件資料），直接進入交易條件的討論階段。

件名：新規取引ご辞退の件

××××株式会社

海外開発部長××××様

貴社ますますご隆盛のこととお慶び申し上げます。
株式会社○○営業部の山田一郎です。

このたびは新規取引のお申し出をいただきまして、ありがとうございました。

さて、弊社の×××に関しまして、誠に申し訳ございませんが、現在生産ラインがフル稼働の状況でございます。
これ以上お取引を増やしますと、弊社といたしましてはお客様にご満足のいく製品ご提供の確証もなく、信用を失うことにもなりかねません。

せっかくのご厚情にそむく❶ようで心苦しいかぎり❷ですが、今回は辞退させていただくほかございません。なにとぞ事情をご賢察のうえ、ご了承くださいようお願い申し上げます。

しかしながら、近い将来工場増設の予定もあります。その折には弊社よりご連絡を差し上げる次第でございます。
そのあかつき❸には、格別のお引き立てをお願いいたします。

取り急ぎお知らせかたがた、お詫び申し上げます。

（署名）

1-3　婉拒建立新業務關係的請求

主旨：婉拒建立新業務關係的請求

×××× 股份有限公司
海外開發部　××××經理

謹祝貴公司業務日益興隆。
我是○○股份有限公司業務部的山田一郎。

感謝貴公司來函希望建立新交易關係之事。

關於 ×××（產品），很抱歉因為敝公司的生產線已經滿檔，如果再增加交易往來的話，恐怕無法保證能夠提供讓客戶滿足的商品，也擔心失去敝公司的信譽。

因此這一次敝公司只得婉拒貴公司的請求，辜負（貴公司）盛意真的非常抱歉。請貴公司體察實情，敬請見諒。

但是，本公司預定未來會再擴充廠房，到時一定會告知貴公司。屆時敬請特別指教與惠顧。

特此回覆致歉。

（署名）

---

❶ 辜負。
❷「形容詞＋かぎり」表示「……極了」是書信中常使用的文章用語。
❸「到時；……之際」的意思。

件名：見積りのお願い

×××× 株式会社
海外開発部長　××××様

平素は格別のお引き立てを賜り、厚くお礼申し上げます。
株式会社〇〇、営業部の山田一郎です。

さて、このたび私どもは貴社製品×××に着目いたしまして、購入を検討しております。

つきましては、下記条件にて見積りをご作成のうえ、至急ご送付くださいますよう、お願い申し上げます。

お手数をおかけしますが、5月25日までにいただければ幸いです。

取り急ぎ、ご依頼まで。

..................記..................

1. 品名　　　　　　　　×××
2. 注文数　　　　　　　×××
3. 納期　　　　　　　　×月×日まで
4. 支払方法　　　　　　T/T ❶
5. 運送方法　　　　　　貴社ご一任
6. 運送諸掛　　　　　　貴社ご負担
7. 代金支払方法　　　　着荷後 ❷ 30日約束手形払い

以上

（署名）

1-4　尋求報價

主旨：尋求報價

××××股份有限公司
海外開發部　××××經理

感謝您一直以來的愛顧。
我是○○股份有限公司業務部的山田一郎。

敝公司對於貴公司的 ××× 商品非常有興趣，目前正在研討購買計畫。

懇請以下列條件儘快向我們報價。

懇請在 5 月 25 日之前報價。

謹此連絡。

　　　………………記………………
　　1‧品名　　　　　×××
　　2‧訂購數量　　　×××
　　3‧交期　　　　　× 月 × 日
　　4‧付款條件　　　T/T
　　5‧運送方法　　　貴公司決定
　　6‧運費　　　　　貴公司負擔
　　7‧貨款支付方式　到貨後三十天期票
以上
（署名）

---

❶ Telegraphic Transfer（電匯），同「電信送金、電信振り込み」。
❷ 「着荷」也可以說「ちゃっか」，但是職場上一般使用「ちゃくに」。

件名：××見積書送付のお知らせ

××××株式会社
海外開発部長　××××様

平素より格別のお引き立てを賜り、まことにありがとうございます。

株式会社○○、営業部の山田一郎です。

このたびは弊社新製品××のお見積りをご依頼くださりありがとうございました。

貴社のご依頼内容に沿った見積書を、ご送付いたします。（添付ファイル：××見積書）

支払条件につきましては、弊社のシステム上、製品到着後30日となっております。なにとぞご了承いただけますよう、よろしくお願い申し上げます。

まずは取り急ぎ、お知らせかたがたお願いまで。

（署名）

1-5 通知送出估價單

主旨：寄送 ×× 估價單的通知

××××股份有限公司
海外開發部　××××經理

感謝平日特別的愛顧與協助。
我是○○股份有限公司業務部的山田一郎。

感謝貴公司來函要求本公司 ×× 商品的報價。已經遵照貴公司所希望的條件的估價單已寄出。（附加檔案：×× 估價表）

至於付款條件，敝公司的財務系統是設定在貨到後 30 天月結款，敬請檢討確認是否可行。

特此通知。

（署名）

件名：××再見積りのご依頼の件
さい み つも いらい けん

××××株式会社
海外開発部長　××××様

平素は格別のお引き立てを賜り、厚くお礼申し上げます。
へい そ かくべつ ひ た たまわ あつ れいもう あ

株式会社○○、営業部の山田一郎です。
かぶしきがいしゃ えいぎょう ぶ やま だ いちろう

さて、貴社より拝受いたしました×月×日付❶の見積書、まことに
き しゃ はいじゅ づけ みつもりしょ

ありがとうございました。

弊社で検討いたしましたところ、価格等におきましては異存はござ
へいしゃ けんとう か かくなど い ぞん

いませんでしたが、支払条件につきまして多少弊社希望と異なっ
し はらいじょうけん た しょうへいしゃ き ぼう こと

ておりました。

貴社の見積書では商品到着後30日以内のお支払となっておりま
き しゃ みつもりしょ しょうひんとうちゃくご にちいない し はらい

したが、弊社ではシステムの都合により商品到着月の翌月締払い
へいしゃ つごう しょうひんとうちゃくげつ よくげつしめばら

を採用しております。
さいよう

貴社にもご都合がおありかと存じますが、各社ともこの支払条件
き しゃ つごう ぞん かくしゃ し はらいじょうけん

でお取引させていただいております。
とりひき

つきましては、まことに申し訳ございませんが、ご検討ご高配のう
もう わけ けんとう こうはい

え、再度お見積りを賜りますよう、お願い申し上げます。
さいど みつも たまわ ねが もう あ

ご多忙とは存じますが、なにとぞご協力のほど、よろしくお願い
た ぼう ぞん きょうりょく ねが

いたします。

（署名）

1-6 請求再報價

主旨：要求 ×× 再報價

×××× 股份有限公司
海外開發部　×××× 經理

感謝您一直以來的愛顧。
我是○○股份有限公司業務部的山田一郎。

已經收到貴公司 × 月 × 日所寄出的估價單，非常感謝。敝公司經過檢討後，對價格方面沒有意見，只是付款條件與敝公司的希望有些不同。

貴公司估價單上提到的付款方式是，收到產品後 30 日以內付款。目前敝公司的財務系統是收到產品後次月月底結算。這也許和貴公司的結算日基準不同，但是敝公司目前與其他廠商均採用這種付款方式。

非常抱歉，煩請評估後重新再報價。

在您百忙之中，敬請協助。

（署名）

---

❶「× 月 × 日＋付」表示「……日期發出」。

件名：再見積りご辞退の件（さいみつもりごじたいのけん）

××××株式会社
海外開発部長　××××様

いつもお世話（せわ）になっております。
株式会社（かぶしきがいしゃ）○○の山田一郎（やまだいちろう）です。

格別（かくべつ）のご愛顧（あいこ）を賜（たまわ）り、心（こころ）よりお礼（れいもう）申し上（あ）げます。
このたびは弊社製品（へいしゃせいひん）××の見積書（みつもりしょ）のご検討（けんとう）ありがとうございました。

早速（さっそく）ですが、貴社（きしゃ）よりご指定（してい）いただいた価格（かかく）について、弊社（へいしゃ）もあらゆる角度（かくど）から検討（けんとう）をいたしましたが、やはり弊社卸値（へいしゃおろしね）❶との調整（ちょうせい）に折（お）り合（あ）いがつきかねます。
貴社の指し値（きしゃのさしね）❷では採算割れ（さいさんわれ）❸となることは避（さ）けられません。よって、不本意（ふほんい）ではありますが、今回（こんかい）はご辞退（じたい）させていただきたいと存（ぞん）じます。

貴意（きい）に添（そ）えず、まことに心苦（こころぐる）しい次第（しだい）ではございますが、なにとぞご了承（りょうしょう）くださいますよう、お願（ねが）い申（もう）し上（あ）げます。

どうかよろしければ、またのご用命（ようめい）をお待（ま）ちいたしております。❹

まずは取（と）り急（いそ）ぎ、ご返答及（へんとうおよ）びお詫（わ）び申（もう）し上（あ）げます。

（署名）

1-7 婉拒重新估價

主旨：婉拒重新估價

××××股份有限公司
海外開發部　××××經理

謝謝您平日的關照。
我是○○股份有限公司的山田一郎。

由衷地謝謝您特別的照顧。
謝謝貴公司對於敝公司 ×× 商品的估價單內容作了檢討評估。

對於貴公司所提示的價格，敝公司經過審慎多方研究討論後，還是無法與公司的批發價取得均衡。若以貴公司的單價交易，就無法避免虧損情形發生，敬請諒解此次無法與貴公司配合。

此次無法滿足貴公司期望，深感遺憾，懇請貴公司諒解。

由衷地期待貴我雙方持續業務的推展。

特此以書面回覆與致歉。

（署名）

---

❶「批發價格」。

❷「出價」。

❸「虧本」。

❹ 直譯是「請不要因此退卻。等待貴公司再次的吩咐。」因為不合中文用法，因此改意譯為「由衷地期待貴我雙方持續業務的推展」。

～かねます。

以「動詞ます形＋かねます」表達委婉的否定表現。「～することができない（不能～）」、「することが難しい（難以～）」的意思。要拒絕對方的要求時：

❖ 新製品の発売日についてはわかりません。⤵
新製品の発売日についてはわかりかねます。

❖ 判断できません。⤵
判断いたしかねます。（「いたします」＋「かねます」）

另外，如果是「動詞ます形＋かねません」則是「～かもしれない（可能）」「～の可能性がある（有～可能）」的意思。如：

❖ 信用を落とすことになるかもしれません。⤵
信用を落とすことになりかねません。

❖ 業務に支障をきたすかもしれません。⤵
業務に支障をきたしかねません。

練習

請改為正確表現。

例 私ではわかりません。

⮕ 私ではわかりかねます。

❶ こちらでは対応できません。

⮕ _____

❷ 私の一存では決められません。

⮕ _____

❸ ご希望には添えません。

⮕ _____

❹ 今回の申し出は受けられません。

⮕ _____

件名：製品カタログご送付のお願い

××××株式会社　宣伝部
ご担当者　様

いつもお世話になっております。
株式会社○○営業部の山田一郎と申します。

先日、貴社より新製品のお知らせをいただき、誠にありがとうござ
いました。弊社も新シリーズには大変関心を持っております。

つきましては、新シリーズの製品カタログ及び価格表一式を❶お送
りいただきたく、ご依頼申し上げます。

なお、今月の 25 日に企画会議がありますので、それに間に合うよう
にお送りいただければ幸いです。

お忙しい中お手数をおかけいたしますが、なにとぞよろしくお願い
いたします。❷

（署名）

1-8　要求寄送商品目錄

主旨：要求寄送商品目錄

××××有限公司　宣傳部
承辦人

感謝您平日的關照。
我是○○股份有限公司業務部的山田一郎。

前些日子，收到貴公司的新商品資料，我們對貴公司那些新系列商品有高度的興趣。

因此，懇請儘速寄送新商品的目錄及價格表一式。

這個月 25 日有企劃會議，希望可以在這之前送到。

在您百忙之中，懇請幫忙。

（署名）

---

❶ 如果你很急，在「お送り」前也可以加上「至急」強調。
❷ 也可以說「まずは、取り急ぎカタログ送付のご依頼まで。」

件名：××××の関連資料ご送付のお願い

××××株式会社
ご担当者　様

いつもお世話になっております。
株式会社○○、営業部の山田一郎と申します。

さて、先日貴社のウェブサイトで拝見いたしましたS1新シリーズに関して、画期的な商品の将来性に大変興味を持ち、弊社ではお取引いただけないかと検討しております。

つきましては、××××のカタログ、宣伝資料、価格表、その他関連資料などがございましたら、至急ご送付いただきますよう、お願い申し上げます。

まずは取り急ぎお願いまで。

（署名）

1-9　要求寄送資料

主旨：請求寄送 ×××× 商品相關資料

××××股份有限公司
承辦人

謝謝平日的關照。
我是○○股份有限公司業務部的山田一郎。

最近在貴公司網站上看到貴公司的 S1 新系列商品。我們對其劃時代的未來潛
力，非常有興趣，敝公司正檢討購買計畫中。

因此如果有 ××× 商品的目錄、宣傳資料、價格表以及其他相關資料的話，
煩請儘快寄送給我們。

專此，特別請託。

（署名）

件名：サンプルご送付（そうふ）のお願い（ねが）

×××× 株式会社
海外開発部長　×××× 様

先日（せんじつ）はカタログをご送付（そうふ）いただき、ありがとうございました。
株式会社（かぶしきがいしゃ）○○、営業部（えいぎょうぶ）の山田一郎（やまだいちろう）です。

さて、カタログ○ページにございます×××に関（かん）して、社内（しゃない）でも評判（ひょうばん）がよく、この商品（しょうひん）の取（と）り扱（あつか）いを検討（けんとう）しておる次第（しだい）です。

つきましては、御社カタログ No.2 の 10 ～ 12 ページの品目（ひんもく）をサンプルとして各2個（かく こ）ずつを至急（しきゅう）お送（おく）りいただけないでしょうか。

なお、サンプル代金（だいきん）が発生（はっせい）する場合（ばあい）は、当社宛（とうしゃあ）て請求書（せいきゅうしょ）を品物（しなもの）に同封（どう ふう）してください。
お忙（いそが）しいところ恐縮（きょうしゅく）ですが、よろしくお願（ねが）いいたします。

取（と）り急（いそ）ぎ、お願（ねが）いまで。

（署名）

1-10 要求寄送樣品

主旨：要求寄送樣品

××××股份有限公司
海外開發部　××××經理

前些天收到貴公司寄來的型錄，非常感謝。
我是○○股份有限公司業務部的山田一郎。

敝公司看了型錄第○頁的 ××× 商品，公司內評價很好，目前正在檢討引進
該商品。

百忙當中，誠惶誠恐，可以煩請盡速寄送貴公司型錄 No.2 的 10 ～ 12 頁的商
品各 2 個做為樣品嗎？

還有，如果樣品需要費用，請將付款單附在裡面。
在您百忙之中，不好意思麻煩您了。

特此請託。

（署名）

件名：価格確認のご照会

××××株式会社
海外開発部長　××××様

平素より格別のお引き立てをいただき、厚くお礼申し上げます。
株式会社○○、営業部の山田一郎です。

さて、先日サンプルをいただきました××××に関して、量産時の
単価はサンプル価格でお見積りいただきました＄○○でよろしいで
しょうか。
弊社顧客より 10K（キロ）以上での購入の依頼がまいっておりま
す。

お忙しいところ大変恐縮ではございますが、量産時の単価につ
きまして至急お知らせくださいますよう、お願い申し上げます。

取り急ぎお願いまで。

（署名）

1-11 確認價格的詢問

主旨：確認價格的詢問

××××股份有限公司
海外開發部　××××經理

感謝（貴公司）平日特別的愛顧與協助。
我是○○股份有限公司業務部的山田一郎。

關於日前所收到 ×××× 的樣品的價格問題，量產品時的價格懇請以樣品相同的單價＄○○供應。目前敝公司已經有顧客要求購買 10 公斤以上的訂購量。

在您百忙之中不好意思，麻煩您將有關量產時的單價，請盡速檢討確認後回覆是盼。

特此請託。

（署名）

問題 1

畫底線的地方，請改為正確表現。

❶ <u>この間</u>は<u>忙しいとき</u>、お時間を<u>割いてもらって</u>、まことにありがとうございました。

⇨ _____

❷ <u>ご指導ご指摘してもらった</u>点につきましては、よく検討させていただき、ご要望にお応えできるよう、<u>努力したいと思っています</u>。

⇨ _____

❸ 近いうちにまた、<u>会いに行きたいと思います</u>ので、どうぞよろしく<u>お願いします</u>。

⇨ _____

❹ <u>これからもよろしくお願いします</u>。

⇨ _____

向對方提出請求時，常用的表現如下：（做動作的是對方）

➤ お願いします・お願いいたします・お願い申し上げます

➤ ～ください・～くださいませ

➤ ～くださいますよう ＋ { お願いします
お願いいたします
お願い申し上げます }

➤ ～いただきたいと存じます・～いただきたく存じます

➤ ～いただけますと幸いでございます

➤ ～いただけますでしょうか

➤ ～いただけますよう ＋ { お願いします
お願いいたします
お願い申し上げます }

例
● ご出席お願いします

● ご 出 席お願いいたます
　　しゅっせき

● ご出席お願い申し上げます

● ご 了 承 いただけますと 幸 いでございます
　　りょうしょう　　　　　　　　　さいわ

● ご了承いただけますよう、お願い申し上げます

件名：×××の在庫などのご照会

×××株式会社
海外開発部長　××××様

平素は格段のお引き立て、深くお礼申し上げます。
株式会社○○、営業部の山田一郎です。

さて、弊社では貴社の××××に関して、20台の購入を検討いたしております。

つきましては、在庫をご確認いただき、納期のご連絡をいただきたくお願い申し上げます。

また、価格、運賃等の詳細、在庫切れの場合の入荷予定についても、あわせてご連絡いただければ幸いです。

お忙しいところ恐れ入りますが、ご確認のうえお早めにご返事くださいますよう、あわせてお願い申し上げます。

取り急ぎ、ご連絡をいたします。

（署名）

1-12 洽詢交期・庫存・交易條件

主旨：洽詢 ×× 的庫存等狀況

××××股份有限公司
海外開發部　××××經理

平日多方愛顧，謹致萬分謝忱。
我是○○股份有限公司業務部的山田一郎。

敝公司目前正在檢討導入貴公司的 ××× 商品 20 台。

因此，煩請貴公司確認現有的庫存數量，以及交貨日期後回覆敝方。

此外，請順便告知價格、運費等詳細資料，也請告知萬一目前庫存缺貨的
話，何時可以進貨補充。

百忙當中敬請見諒，並請您儘快回覆。

特此連絡。

（署名）

練習 やってみよう！❶

問題
1

依據下列的提示，試著撰寫一篇商用 Email 文書。

相手先 上松通商株式会社　担当者不明（初めてのメール）
内　容 新規取引を依頼する。上松通商のＨＰを見て取り扱い製品に
興味を持ち、初めてメールした。
自　分 ○○有限公司業務部　自分の名前
　（1984 年創業の台湾の貿易会社。今までは東南アジアとの
取引が中心だったが、これから日本とも取引を考えている。
会社の業務内容等に関しては、ＨＰを見てもらうようにお願
いする。）

件名 ⊃

本文 ⊃

依據下列的提示，試著撰寫一篇商用 Email 文書。

【相手先】 ABC 株式会社　営業部　水島太郎（以前から取引あり）
【内　容】 新製品「伸縮ステッキ」シリーズのカタログと、価格表を
　　　　　 10 部ずつ、すぐに EMS で送ってもらいたい。
【自　分】 ○○有限公司　自分の名前

件名 ➲

本文 ➲

依據下列的提示，試著撰寫一篇商用 Email 文書。

相手先	株式会社 SEED　物流課　坂本清人様
内　容	六角ナット（C-NT-1/6）100 個、Ｔ型継ぎ手（C-30T-1/6）25 個について、11 月 3 日に納品できるかどうか在庫を照会する。
自　分	○○有限公司業務部　自分の名前

件名 ⊃

本文 ⊃

Part 2

下訂相關事宜

收到了顧客發來的訂單郵件時，要隨即確認訂單內容、交貨日期等等，與顧客之間要保持溝通通暢。另外回覆的 Email 郵件主旨，不要只有「RE:……」，可以加上一些變更，以傳達確實收到了訂單，感謝對方下訂等等。如：

- ○○のご発送（はっそう）の件（けん）
- ○○のご注文（ちゅうもん）のお礼（れい）
- ご注文内容（ちゅうもんないよう）ご確認（かくにん）について
- ○○のご注文承（ちゅうもんうけたまわ）りました
- ○○のご注文（ちゅうもん）ありがとうございます

件名：×××の注文書

××××株式会社
海外開発部長　×××様

いつもお世話になっております。
○○株式会社、営業部の山田一郎でございます。

早速ですが、下記の通り注文いたしますので、お忙しいところ申し訳ございませんが、至急ご手配をお願い申し上げます。

取り急ぎ、注文まで。

……………記……………

1. 品名　　　×××
2. 数量　　　1,000本
3. 単価　　　100円
4. 総額　　　100,000円
5. 納期　　　20××年×月×日
6. 運送方法　船便
7. 運送条が件　貴社ご負担
8. 運送諸掛　貴社ご一任
9. 受渡場所　××港
10. 支払方法　着荷後30日振り込み

以上
（署名）

2-1 一般的下訂

主旨：××××的訂貨單

××××股份有限公司
海外開發部　××××經理

承蒙平日關照。
我是○○股份有限公司業務部的山田一郎。

茲訂購下列內容商品，百忙當中懇請惠與配合協助。
特此通知。

················記··················

1.	品名	×××
2.	數量	1,000條
3.	單價	100日圓
4.	總額	100,000日圓
5.	交期	20××年×月×日
6.	運送方法	海運
7.	運送條件	由貴公司負擔
8.	運送相關費用	由貴公司負責
9.	交貨港	××港
10.	付款方法	到貨後30天匯款

（署名）

件名：カタログ No.15 からの注文書

×××株式会社
海外開発部長　××××様

○○株式会社、営業部の山田一郎でございます。
先日はカタログをお送りくださり、ありがとうございました。

つきましては、貴社のカタログにより商品を注文させていただきます。注文書を添付しておりますので、ご確認のうえ、ご手配のほどよろしくお願い申し上げます。

なお、注文品はクリスマスセール用ですので、納期どおりお送りいただきますよう、お願いいたします。ご不明な点がありましたら、お問い合わせください。

（署名）

2-2 依商品目錄下訂

主旨：商品目錄 No.15 的訂貨單

××××股份有限公司
海外開發部　××××經理

我是○○股份有限公司業務部的山田一郎。
謝謝您之前寄來的商品目錄。

茲根據貴公司的商品目錄訂購商品。附上訂購單，敬請確認後，惠與協助辦理。

此外，下訂的商品是聖誕節特賣要用的，請如期出貨。如有不清楚的地方，敬請洽詢。

專此函達。

（署名）

件名：見積書による注文

×××× 株式会社
海外開発部長　××××様

いつもお世話になっております。
○○株式会社、営業部の山田一郎でございます。

貴社よりの○月○日付のNo.0568見積書、確かに拝受いたしました。
早速ですが、見積書に従って下記の通り注文を申し上げます。よろしくご手配のほど、お願い申し上げます。

...............................記...............................

1. 品名　　　　：×××
2. 数量　　　　：100個
3. 単価　　　　：1,000円
4. 総額　　　　：100,000円
5. 納期　　　　：20××年×月×日
6. 受渡場所　　：当社××支社
7. 運送方法　　：貴社ご一任
8. 運送諸掛　　：貴社ご負担
9. 支払方法　　：着荷後翌月20日銀行振込

以上

（署名）

2-3 依估價單下訂

主旨：依估價單下訂

××××股份有限公司
海外開發部　××××經理

感謝平日的關照。
我是○○股份有限公司業務部的山田一郎。

收到貴公司○月○日發函的 No.0568 的估價單了。茲按估價單訂購下列商品，
敬請協助與配合。

　　　…………記…………

1. 品名　　　：×××
2. 數量　　　：100個
3. 單價　　　：1,000日圓
4. 總額　　　：100,000日圓
5. 交期　　　：20××年×月×日
6. 交貨地點　：敝公司××分店
7. 運送方法　：貴公司決定
8. 運費　　　：貴公司負擔
9. 付款條件　：貨到後次月20日匯款

以上

（署名）

問題 1

畫底線的地方，請改為正確表現。

❶ 今回、当社経理システム改変だから、今度の４月１日から弊社の支払日を下記のとおり変更します。

⮑ _____

_____

❷ 貴社にはご不便をかけますが、理解と協力をよろしくお願いします。

⮑ _____

❸ なお、正式な支払い条件変更についての書状は、あとで送ります。

⮑ _____

常見的敬語動詞

	尊敬語	謙譲語
● します	なさいます・されます・あそばします	いたします
● 言います	おっしゃいます	申し上げます・申します
● 行きます	いらっしゃいます・おいでになります・お越しになります	伺います まいります
● 来ます	いらっしゃいます・おいでになります・お見えになります、お越しになります	伺います まいります
● います	いらっしゃいます	おります
● 見ます	ご覧になります・ご高覧になります	拝見します
● 会います	お会いになります	お目にかかります
● 思います	お思いになります	存じます・拝察します
● 着ます	召します・お召しになります・ご着用	
● 食べます	あがります・召し上がります	（いただきます）
● 知っています（知りません）	ご存じです	存じております（存じません）
● 断ります	お断りになります	お断り申し上げます
● あげます		差し上げます
● もらいます		いただきます・頂戴します
● くれます	くださいます	

件名：×××注文の件

×××× 株式会社

海外開発部長　×××× 様

○○ 株式会社、営業部の山田一郎でございます。

先日の国際展示会におきましては、多々ご配慮賜り、まことにあり

がとうございました。

早速ではございますが、展示会で発表されていらっしゃいました

貴社の新製品×××を注文させていただきます。添付の注文書

（No.2365）をご査収の上、お取り計らい[1]のほど、よろしくお願い

申し上げます。

（署名）

2-4　展示會後的下訂

主旨：訂購 ×××

××××股份有限公司
海外開發部　××××經理

我是○○股份有限公司業務部的山田一郎。
前些天在國際展覽會上，承蒙貴公司多方的協助與指教，謹致上十二萬分的
謝意。

茲訂購展覽會上貴公司的新商品×××，附上訂購單（No.2365），敬請查收
處理。

特此通知

（署名）

---

❶ 取り計らい：「妥善處理」的意思。

件名：納期指定のご注文

××××株式会社
海外開発部長　××××様

貴社ますますご繁栄のことと存じます。
〇〇株式会社、営業部の山田一郎でございます。

さて、貴社商品につきまして添付の注文書の通り注文させていただきます。

今回は、弊社取引先より×月×日までの納入依頼がまいっております。お忙しいところ恐れ入りますが、注文書記載の期日までに着荷できますよう、お取り計らいいただければ幸いです。ご協力お願いいたします。

万一 ❶、期日までに着荷不可能な場合は、本注文を取り消させていただく場合がございます。

なお、お手数ですが、出荷予定日を大至急ご連絡くださいますよう、お願い申し上げます。

取り急ぎ、ご注文まで。

（署名）

2-5 特殊條件訂購

主旨：指定交貨日期的訂購

××××股份有限公司
海外開發部　××××經理

貴公司業務蒸蒸日上，謹致賀忱。
我是○○股份有限公司業務部的山田一郎。

茲向貴公司訂購商品，訂購內容如所附的訂購單。

因為我們公司的客戶要求須在×月×日之前交貨，在百忙之中很抱歉（這樣要求），但是希望貴公司務必在訂購單上所記載的交期前交貨。

萬一無法如期交貨，本次下的訂單將取消。懇請貴公司儘快回函告知預定交貨日期。

懇請您儘快通知出貨日期。

專此函達。

（署名）

---

❶ 也可以改為「もし」。

件名：ご注文商品の確認（ちゅうもんしょうひん かくにん）

×××株式会社
海外開発部　××××様

いつも弊社（へいしゃ）をご利用（りよう）いただき、心（こころ）よりお礼申し上げます（れいもう あ）。
○○株式会社（かぶしきがいしゃ）、営業部（えいぎょうぶ）の山田一郎（やまだ いちろう）でございます。

さて、貴社（きしゃ）より×月（がつ）×日付（にちづけ）のご注文（ちゅうもん）、確（たし）かに承（うけたまわ）りました。ご注文（ちゅう もん）の内容（ないよう）は下記（かき）にてご確認（かくにん）ください。

なお、貴社（きしゃ）よりご依頼（いらい）の納入日繰上げ（のうにゅう び くりあ）[1]の件（けん）も問題（もんだい）ございません。発送予定日（はっそうよていび）は×月×日となっております。

今後（こんご）とも変（か）わらぬご厚情賜（こうじょうたまわ）りますよう、お願い申し上げます（ねが もう あ）。

　　　　　　…………………記（き）…………………
1. ご注文日（ちゅうもん び）　　×月（がつ）×日（にち）
2. ご注文書番号（ちゅうもんしょばんごう）　××××
3. 商品名（しょうひんめい）　　×××
4. 数量（すうりょう）　　1,000 個（こ）
5. 納品日（のうひん び）　　×月×日（×月×日より繰上げ（くりあ げ））

以上（いじょう）
（署名）

2-6 下訂確認

主旨：確認訂購商品

××××股份有限公司
海外開發部　××××先生

承蒙長期愛顧與關照，由衷感謝。
我是○○股份有限公司業務部的山田一郎。

貴公司於×月×日所發出的訂購單，確實已收到無誤。貴公司訂購內容如下，請再確認。還有關於貴公司要求提早交貨日期經確認後也沒有問題。預定交貨日是×月×日。

今後尚請多多支持與愛顧。

　　　…………記…………
1. 訂購日期 ×月×日
2. 訂購單號 ××××
3. 商品名稱 ×××
4. 數量　　 1,000 個
5. 交貨日期 ×月×日（提早交貨，原交貨期×月×日）

以上

（署名）

---

❶ 繰上げ：「提前」的意思。

件名：条件付でご注文受注のご通知

××××株式会社

海外開発部長　××××様

毎度格別のご愛顧を賜り、厚くお礼を申し上げます。

○○株式会社、営業部の山田一郎でございます。

さて、貴社×月×日付 No.2365 のご注文、確かに拝受いたしました。まことにありがとうございます。

只今、手配中でございますが、×××は現在当社でも人気の商品のため、貴社ご希望の×月×日の納品については、多少困難な状況となっております。

できるだけ早期に発送いたしますが、納品期日が若干遅れますことを予めご了承ください。

なお、発送準備が調い次第、あらためてご案内を差し上げます。ご不明な点がございましたら、当方△△までお問い合わせください。

まずは取り急ぎ、ご注文のお礼と出荷遅延をご連絡申し上げますます。

（署名）

2-7 有條件接受訂單

主旨：有條件接受訂購的通知

××××股份有限公司
海外開發部　××××經理

感謝貴公司特別的關照。
我是○○股份有限公司業務部的山田一郎。

確實收到貴公司於○月○日所發出的 No.2365 的訂單，非常感謝。

目前訂單已經開始（生產）處理，但是 ××× 商品正是敝公司當前搶手的人氣商品，所以對於貴公司所希望的○月○日交貨期，恐怕會有困難。

我們希望可以儘早交貨，但是交貨日會稍微延後，敬請理解並請見諒。

另外，交貨準備妥當之後，會另外再通知詳細內容，若有不清楚的地方請與敝公司△△詢問。

特此感謝惠予訂單與通知交貨情況。

（署名）

件名：見積り送り状送付について

××××株式会社
海外開発部　××××様

○○株式会社、営業部の山田一郎でございます。
平素よりお世話になっております。

このたびは弊社×××をご注文いただき、ありがとうございます。
プロフォーマインボイス[1]を添付いたしますので、ご確認お願い申し
上げます。

なお、お忙しいところお手数ではございますが、折り返しご返答い
ただければ幸いです。

まずは取り急ぎ要用まで[2]。

（署名）

2-8 交期・規格確認

主旨：寄送商業發票

××××股份有限公司
海外開發部××××先生

我是〇〇股份有限公司業務部的山田一郎。
感謝平日的關照。

承蒙訂購敝公司的×××商品，非常感謝。附上商業發票，敬請確認查收。

百忙當中，煩請收到後立即回覆是幸。

專此函達。

（署名）

---

❶ プロフォーマインボイス：Proforma invoice 同「見積り送り状」，「估價發票」、「形式發票」的意思。

❷ …取り急ぎ要用まで：這裡的結尾還可以替換成「…ご案内まで」、「…お願いまで」、「…お礼まで」、「ご返事まで」、「…用件まで」。

件名：×××注文書差し替えのお願い

×××× 株式会社
海外開発部　×××× 様

○○株式会社、営業部の山田一郎でございます。
平素より格別のお引き立てを賜りまして、ありがとうございます。

さて、弊社×月×日付 No.2365 で注文いたしました商品について、注文書作成時の当方のミスで商品番号が間違っておりました。大変ご迷惑をおかけし、申し訳ございませんでした。

新しい注文書（No.2369）を送付いたしますので、お手数ですが、前注文書は貴社のほうで破棄くださいますよう、お願い申し上げます。

以上、取り急ぎお詫びとご連絡まで。

（署名）

2-9　請求更換訂購單

主旨：請求更換 ××× 訂購單

××××股份有限公司
海外開發部　××××經理

我是〇〇股份有限公司業務部的山田一郎。
感謝平日特別愛顧與協助。

關於敝公司於×月×日發出的 No.2365 訂單的商品，因為在打輸入單時一時
疏忽，將商品編號打錯了。

謹重新寄出正確商品編號的訂購單（No.2369），煩請將上一封的訂購單作
廢。

以上特此通知及致上歉意。

（署名）

件名：×××注文取り消しのお願い

××××株式会社
製造課　××××様

○○株式会社、営業部の山田一郎でございます。
日頃よりお世話になっております。

×月×日付でご注文させていただきました×××1,000個に関して、まことに恐縮ながら、注文を一旦取り消させていただきたく、お申し入れいたします。

実は予定されていた○○展示会が、急遽キャンセルとなりました次第でございます。

本来ならば、弊社にてお引き受けするのが筋かとも存じますが、今回は展示会のために特別に発注をいたしたものでした。

事情をご賢察のうえ、ご了承くださいますよう、お願い申し上げます。

なお、今後はこのような事態が起きませぬよう、十分に慎重を期しますゆえ、どうか今後とも引き続きお引き立のほど、重ねてお願い申し上げます。
まずは取り急ぎ、お詫びかたがたご連絡まで。

（署名）

2-10 取消訂單

主旨：請求取消 ××× 訂購單

××××股份有限公司
製造課　××××先生

我是○○股份有限公司業務部的山田一郎。
謝謝一直以來的關照。

敝公司於×月×日訂購×××1,000個，實在非常抱歉，請取消這份訂單。

因為本來預定要舉辦的○○展售會，突然取消。

本來這次敝公司向貴公司下訂的產品，理當由我們承接，但是這次的訂單是
因為要參加展售會，而特別額外下訂的，懇請體察實情，敬請見諒。

敝公司會小心謹慎不讓類似的情形發生，敬請繼續惠予往來機會（與指
教）。

特此致上最大的歉意。

（署名）

〜ながら、…

接続助詞「ながら」以「動詞ます形／い形容詞－い／な形容詞／名詞＋ながら、」表示逆接的，「雖然〜」的意思。

 練習

畫線的地方請改為正確表現。

例 <u>残念ですが、</u>このたびのご注文は辞退させていただきます。

⊃　残念ながら、_____

❶ <u>恐縮ですが、</u>このたびの参加は辞退させていただきます。

⊃　_____

❷ <u>はなはだ勝手ですが、</u>日程を変更させていただきたく存じます。

⊃　_____

❸ <u>まずは略儀ですが、</u>メールにてお礼申し上げます。

⊃　_____

❹ わざわざおいでいただいたのに、申し訳ありません。

⮕ _____

❺ 何度もご足労をおかけしているのに、まことに申し訳ありません。

⮕ _____

件名：製品受注のお礼

××××株式会社
海外開発部　××××様

○○株式会社、営業部の山田一郎でございます。
日頃よりお世話になっております。

さて、貴社×月×日付 No.2365 のご注文、確かに拝受いたしました。まことにありがとうございました。

現在手配いたしており、予定では×月×日に納品できるかと存じます。準備が調い次第、あらためて発送のご案内を差し上げます。何かご不明な点がございましたら、当方△△までお問い合わせください。

今後とも倍旧のお引き立てのほど、お願いいたします。

まずは取り急ぎ、ご注文のお礼を申し上げます。

（署名）

2-11 接受下訂後的感謝函

主旨：接受商品下訂後的致謝

××××股份有限公司
海外開發部　××××經理

我是○○股份有限公司業務部的山田一郎。
謝謝一直以來的關照。

確實收到貴公司×月×日發出的 No.2365 訂單，非常感謝。

目前訂單已經開始（生產）處理。預定可以在 × 月 × 日交貨。準備妥當
後，（出貨前）會再次通知確認出貨詳細內容，若有不清楚的地方　請與敝公
司△△洽詢。

今後尚請繼續惠與愛顧與支持。

特此感謝惠與訂單。

（署名）

件名：受注辞退の件（じゅちゅうじたいけん）

××××株式会社
海外開発部長　××××様

○○株式会社（かぶしきがいしゃ）、営業部（えいぎょうぶ）の山田一郎（やまだいちろう）でございます。
日頃（ひごろ）よりお世話（せわ）になっております。

このたびは弊社製品（へいしゃせいひん）××をご注文（ちゅうもん）くださいまして、ありがとうございました。

受注（じゅちゅう）の件（けん）を早速検討（さっそくけんとう）いたしましたところ、弊社製品（へいしゃせいひん）××に関（かん）しましては量産（りょうさん）が難（むずか）しく、貴社（きしゃ）ご指定（してい）の期日（きじつ）までにご希望数量（きぼうすうりょう）をお納（おさ）めすることは不可能（ふかのう）との結論（けつろん）に達（たっ）しました。せっかくのご依頼（いらい）にお応（こた）えできず申し訳（もうわけ）ございませんが、今回（こんかい）のご注文（ちゅうもん）はご辞退（じたい）させていただくことにいたします。

当社（とうしゃ）の現状（げんじょう）をお察（さっ）しいただき、なにとぞご了承（りょうしょう）くださいますよう
お願（ねが）い申（もう）し上（あ）げます。

取（と）り急（いそ）ぎメールにて、ご返答（へんとう）いたします。

（署名）

98

2-12 婉拒訂單

主旨：婉拒訂單

××××股份有限公司
海外開發部　××××經理

我是○○股份有限公司業務部的山田一郎。
謝謝一直以來的關照。

感謝貴公司下訂敝公司××商品。

敝公司儘速評估後，結論是敝公司的××商品很難大量生產，無法在指定的
日期內交出貴公司希望的數量。無法配合貴公司要求，真的很抱歉。請容敝
公司婉辭此次下訂。

敬請體察敝公司的現狀，敬請見諒。

謹此回覆。

（署名）

（ぜひ）～ようお願（ねが）いいたします

以「（ぜひ）<u>動詞ます・ない形　＋よう～</u>」的形式，客氣婉轉地表示「ぜひ～してください（請務必做～）」的意思。類似的表現有「ぜひ～くださいます／いただきます／賜ります＋ようお願いいたします」。句型中的「お願いいたします」也可以用「お願い申し上げます」代替。

問題 1

請改為正確表現。

例 ご出席（しゅっせき）ください。
⊃ ぜひ、ご出席（しゅっせき）くださいますようお願（ねが）いいたします。

❶ ご来店（らいてん）ください。
⊃ _____

❷ ご参加（さんか）ください。
⊃ _____

❸ お支払（しはら）い条件（じょうけん）をお知（し）らせください。
⊃ _____

❹ 今月末（こんげつまつ）までに納金（のうきん）してください。
⊃ _____

問題 2

請從 a b c 中選出正確的答案。

❶ 貴社（きしゃ）よりいただきましたご注文（ちゅうもん）、確（たし）かに（　　　　）。

  a いたしました

  b 申（もう）し上（あ）げました

  c 承（うけたまわ）りました

❷ 恐（おそ）れ入（い）りますが、期日（きじつ）までに着荷（ちゃっか）できますよう、（　　　　）お願（ねが）いいたします。

  a ご辞退（じたい）

  b ご拝受（はいじゅ）

  c ご協力（きょうりょく）

❸ 準備（じゅんび）が整（ととの）い次第（しだい）、（　　　　）発送（はっそう）のご案内（あんない）を差（さ）し上（あ）げます。

  a あらかじめ

  b あらためて

  c あきらかに

❹ せっかくのご注文（ちゅうもん）に（　　　　）、申（もう）し訳（わけ）ございません。

  a お応（こた）えし

  b お応（こた）えになり

  c お応（こた）えできず

❺ 今後（こんご）はこのような事態（じたい）が発生（はっせい）せぬよう、十分（じゅうぶん）に（　　　　）。

  a 慎重（しんちょう）を期（き）します

  b 期待（きたい）していただきます

  c 予期（よき）できます

Part ❷

下訂相關事宜

覚えよう！❺

101

件名：品切れのご通知

××××株式会社

海外開発部　××××様

○○株式会社、営業部の山田一郎でございます。

日頃よりお世話になっております。

このたび貴社よりご注文いただきました×××に関して、おかげさまで予想を上回る❶売れ行き❷となっており、現在在庫不足となっております。ご迷惑をおかけし、大変申し訳ございません。

なお、次回入荷時期は今のところ未定でございますが、入荷次第ご連絡を差し上げます。今しばらくお待ちくださいますよう、お願い申し上げます。

まずはお詫びかたがた、お知らせいたします。

（署名）

2-13　因下訂商品缺貨而婉拒訂單

主旨：缺貨通知

××××股份有限公司
海外開發部　××××經理

我是○○股份有限公司業務部的山田一郎。
謝謝一直以來的關照。

這次貴公司下的 ××× 訂單的案子，托您的福，該商品的銷售比預期中好，
所以目前幾乎沒有庫存。

至於下次何時再進貨，目前尚無法確定，一旦再進貨時，一定會主動告知。
請貴公司耐心等待。

特此表達致歉之意。

（署名）

---

❶ 上回る：「超過」的意思。
❷ 売れ行き：「銷售」的意思。

103

件名：新規ご注文の件

×××× 株式会社
海外開発部　××××様

○○株式会社、営業部の山田一郎でございます。
平素は格別のご愛顧にあずかり、まことにありがとうございます。

さて、このたび貴社よりご注文の×××に関して、当商品は機械に頼らない手作業となっておりますゆえ、ひとつひとつに独特の風合い❶が出るのが特長です。そのため現在量産が困難で、新たにお取引をすることができない状態となっております。

また、当社では当分生産枠拡大の予定もございません。大変申し訳ございませんが、貴意に添えない結果となってしまいましたこと、あしからずご了承くださいますよう、お願いいたします。

なお、関連商品△△△は現在在庫がございます。こちらの方もぜひご検討くださいますよう、あわせてお願いいたします。

せっかくのご注文に対し、まこのような結果となり、恐縮でございます。なにとぞご寛恕いただきたく、また今後ともお引き立てを賜りますよう、お願い申し上げます。

（署名）

2-14 拒絕新的下訂

主旨：拒絕新的下訂

××××股份有限公司
海外開發部　××××經理

我是○○股份有限公司業務部的山田一郎。
謝謝一直以來的關照。

謝謝（貴公司）訂購敝公司的 ××× 商品，但是本商品完全無法用機器製作，得手工製作。也因為如此，商品的特色是每個商品有不同的樣式及觸感。因此目前量產困難，所以無法再接單。

目前敝公司暫時沒有打算擴大產能。真的感到非常的抱歉，無法滿足貴公司的要求，敬請見諒。

順便一提的是，目前類似的產品△△△還有庫存，貴公司可以考慮是否能夠接受這項產品。

貴公司特地下訂，卻遺憾有這樣的結果，真的很抱歉。希望貴公司見諒，今後仍請繼續惠予支持與愛顧。

特此謹表歉意。

（署名）

---

1 風合い：（對紡織品的）觸感。

件名：ご注文辞退の件

×××株式会社
海外開発部　××××様

○○株式会社、営業部の山田一郎でございます。
平素は格別のご愛顧にあずかり、まことにありがとうございます。

このたびは弊社製品×××をご注文くださいまして、ありがとうございました。

しかしながら、まことに申し訳ございませんが、ご発注の商品はこの5月をもちまして製造が打ち切られ、新しいモデル「S型」に切り替わっております。大変恐縮ながら、今回はご注文をご辞退申し上げたく存じます。

しかしながら、新型「S型」につきましては、機能が大幅にアップしており、さらに価格は据え置きとなっております。「S型」でしたら、即日の発送が可能です。

最新カタログを添付いたしますので、よろしくご検討のうえ、ぜひご返信賜りますよう、お願い申し上げます。

　まず取り急ぎ、ご返答とお詫びを申し上げます。

敬具

（署名）

2-15 拒絕新的下訂

主旨：拒絕下訂

××××股份有限公司
海外開發部　××××經理

我是○○股份有限公司業務部的山田一郎。
謝謝一直以來的關照。

謝謝貴公司下訂敝公司的×××商品。

非常遺憾的是，敝公司無法接受這個訂單。貴公司下訂的商品已於 5 月停產，改為新的「Ｓ型」，所以無法接受這次的訂單。

但是新的「Ｓ型」機能大幅提升，價格不變，如果是「Ｓ型」的話，可以即日出貨。

謹附上最近的型錄，懇請研討後予以回覆。

特此回覆並致上萬分歉意。

（署名）

問題 1

依據下列的提示，試著撰寫一篇商用 Email 文書。

相手先 株式会社 XYZ　海外部品部　中山淑子様

内　容 2 月 19 日に㈱ XYZ 海外部品部中山淑子様から「美顔ローラー　ビューティー」100 個の注文があった。この注文の納品日時（3/10）を連絡し、注文のお礼を言う。

自　分 ○○有限公司　自分の名前

件名 ⊃

本文 ⊃

問題 2

依據下列的提示，試著撰寫一篇商用 Email 文書。

相手先 NYC 株式会社高田誠様

内 容 「ウルトラパワーM」の値引き依頼を受けたが、原材料費高騰のため受けることができないと拒絶する。

自 分 ○○有限公司業務部　自分の名前

件名 ➲

本文 ➲

Part ❷

下訂相關事宜

やってみよう！❷

Part 3

出貨處理

商品價格異動的 Email 中要清楚明列價格異動起始日期、對象商品、變更後的價格等等。如果變動品項、條件繁雜，可以做成表格以附件方式處理。價格異動的原因也要記得說明，如：

- 商品○○の主原料である○○の価格の高止まりが続いていることに加え、昨今の原油価格高騰の影響により、物流等に関するコストも上昇しております。

- 昨今、主要原材料の価格高騰が続いており、原材料費等の負担が以前よりも大きくなっております。

- 市場における資材・加工賃・人件費・燃料費の高騰などで、今回はやむを得ず価格改定を実施させていただく運びとなりました。

- 弊社商品○○は、発売開始より現在に至るまで、当初の計画をはるかに上回る販売実績を記録しております。つきましては、皆さま方のご尽力に報いるべく、仕切値の引き下げを実施することといたします。

件名：×××船積みのお知らせ

×××× 株式会社
海外開発部　××××様

○○株式会社、営業部の山田一郎でございます。
平素は格別のお引き立てを賜り、まことにありがとうございます。

さて、貴社ご注文の×××5,000個に関して、×月×日に○○港出航××号にすべての商品を船積み予定です。プロフォーマインボイスを添付いたしますので、ご確認のほどをお願いいたします。

つきましては、弊社の売買契約書をEMSでお送りいたしますので、ご査収ください。なお契約書のほうはご確認後、サインしたものをご返送くださいますよう、お願い申し上げます。

まずは取り急ぎご連絡まで。

（署名）

3-1 裝船通知

主旨：×××裝船通知

××××股份有限公司
海外開發部　××××經理

我是○○股份有限公司業務部的山田一郎。
感謝平日特別的愛顧與協助。

貴公司所訂購的××× 5,000 個，將會於×月×日將全數商品裝上××號貨輪，於○○港出航。附上形式發票，請您確認。

同時敝公司的買賣契約書會以 EMS 寄送，敬請查收。並請確認過契約書後，簽名寄回給敝公司。

特此通知。

（署名）

件名：運送会社の件

××××株式会社
海外開発部　××××様

○○株式会社、営業部の山田一郎でございます。
先般は×××の見積書を早速お送りくださいまして、ありがとうございました。

さて、弊社より注文の×××の発送について、お願いがございます。
貴社お取引の○○社の航空便に関して、配送の遅れや取引先への納期不履行など、再三トラブルが生じております。

そのような訳で、今回の出荷より航空便の際は、△△社か××社に発送をお願いしていただきたいと存じます。

突然の変更でご迷惑をおかけいたしますが、今後のスムーズなお取引のため、ご理解とご協力のほどをお願い申し上げます。

（署名）

要求變更運送公司

主旨：運送公司一事

××××股份有限公司
海外開發部　××××經理

我是○○股份有限公司業務部的山田一郎。
貴公司上次迅速地將估價單寄來，非常感謝。

關於敝公司訂購的 ××× 出貨一事，敝公司有一個請求。貴公司所往來的
○○航空公司，再三發生配送延遲及無法達成與客戶間的交貨約定。

因此從這次的出貨開始，懇請變更為△△公司或××公司運送。

冒昧的突然請求變更，給您造成困擾（很抱歉），但是為了今後能夠使業務
更順暢，敬請理解與協助。

特此緊急通知。

（署名）

件名：出荷のお願い

××××株式会社

海外開発部　××××様

○○株式会社、営業部の山田一郎でございます。
平素は格別のお引き立てをいただき、まことにありがとうございます。

さて、×月×日付でご注文いたしました×××1,000個の件に関して、発送のご手配をお願いいたします。着荷確認が出来次第、T/Tにて送金させていただきます。

なお、船名、出航日などの詳細をファックスかメールにてお知らせいただければ幸いです。

お忙しいところお手数ですが、よろしくお願い申し上げます。

以上、取り急ぎお願いまで。

（署名）

3-3 請求出貨

主旨：請求出貨

××××股份有限公司
海外開發部　××××經理

我是○○股份有限公司業務部的山田一郎。
感謝平日多方的照顧與協助。

敝公司於×月×日所下訂的××× 1,000 個，請隨即準備出貨，敝公司一收到
貨後，馬上就會以 T/T 匯款給貴公司。

另外，船名、出港日等詳細資料，煩請用傳真或是 Email 通知。

百忙當中，麻煩您了。

特此連絡。

（署名）

件名：L/C[1] 開設のお願い

×××× 株式会社

海外開発部　×××× 様

○○株式会社、営業部の山田一郎でございます。

平素よりお引き立て賜り、深くお礼申し上げます。

さて、×月×日付貴社ご注文の商品に関して、出荷の準備が調いました。

つきましては、取引条件にもございますように、送金のご手配（L/C）をいただけますよう、お願いいたします。

ご入金確認ができ次第、船積みいたします。双方にとりまして円滑な取引となりますよう、ご協力をお願い申し上げます。

（署名）

3-4 請求付款（要求開立 L/C）

主旨：要求開立 L/C

××××股份有限公司
海外開發部　××××經理

我是○○股份有限公司業務部的山田一郎。
謝謝平日特別關照與協助，謹致謝忱。

有關貴公司於×月×日所訂購的商品，已經完成出貨的各項準備。

因此希望貴公司依交易條件，準備做匯款（開立信用狀）的動作。

敝公司一旦確認收到匯款無誤後，就會馬上裝船。為使雙方業務能夠順利發展，敬請配合協助辦理。

特此通知。

（署名）

---

❶ L/C：信用狀（Letter of Credit，簡稱 L/C）。

件名：「3月1日」へ納期前倒しのお願い

××××株式会社

海外開発部　××××様

○○株式会社営業部の山田一郎でございます。
平素よりお引き立て賜り、深くお礼申し上げます。

さて、突然のお願いで恐縮ですが、3月15日（木）が納品予定日の当社注文書No.2365に関しまして、納期を2週間ほど早め、3月1日（木）までに納品していただくことは可能でしょうか。

今回の注文は春のセールに向けたものですが、今年は例年と比較して気候がよく、弊社としてはセールを1週間前倒しせざるを得ない状況です。

つきましては、無理を承知のお願いですが、ご配慮いただき、納期を前倒ししていただけると幸いでございます。

貴社には多大なご負担をおかけして申し訳ございませんが、何卒よろしくお願い申し上げます。

（署名）

3-5　要求交貨日期提前

×××股份有限公司
海外開發部　×××經理

我是○○股份有限公司業務部的山田一郎。
謝謝平日關照。

事出突然，很抱歉。本公司 No.2365 訂單，預定交期是 3 月 15 日（星期四）的貨品，是否有可能提前 2 週，於 3 月 1 日（星期四）交貨呢？

這次下訂的是因應春季特賣的商品，而今年比往年氣候好，所以敝公司不得不提前 1 禮拜舉行特賣。

我知道這很為難，懇請貴公司協助提前交貨，非常感謝。

造成貴公司的負擔，真的很抱歉。懇請予以協助。

（署名）

～ざるを得（え）ません

以「動詞ない形＋ざるを得ません」表示「不得不～」。（「する」的形態是「せ
ざるを得ません」）

問題
1

畫線的地方，請改為「～ざるを得ません」的表現。

❶ 原油（げんゆ）価格（かかく）の高騰（こうとう）のため、弊社製品（へいしゃせいひん）も値上（ねあ）げしなければなりませ
ん。

⊃ _____

❷ 今回（こんかい）のご注文（ちゅうもん）はお断（ことわ）りしなければなりません。

⊃ _____

❸ なんらかの法的措置（ほうてきそち）をとらなければなりません。

⊃ _____

請從 a b c 中選出正確的答案。

❶ 契約書は EMS にてお送りいたしますので、（　　　　　）ください。
- a ご査収
- b ご返送
- c お手数

❷ 今後の（　　　　　）なお取り引きのためにも、ご理解のほどをお願い申し上げます。
- a スイング
- b スムーズ
- c スリット

❸ 商品の着荷確認が（　　　　　）、代金をお支払いさせていただきます。
- a ならず
- b 出来次第
- c 添付の上

❹ 発送の詳細をお知らせいただければ（　　　　　）です。
- a 幸い
- b 辛い
- c 苦い

❺ 納期を一週間（　　　　　）いただくことは、可能でしょうか。
- a 送付して
- b 納めて
- c 早めて

123

件名：出荷のご通知

×××株式会社
海外開発部　××××様

○○株式会社、営業部の山田一郎でございます。
日頃よりお世話になっております。

さて、×月×日付でご注文いただきました×××1,000個を本日発送いたしました。×月×日にはお届けできる予定でございますので、ご検品のうえお納めください。

また、送り状を添付いたしましたので、ご査収のほど、併せてお願いいたします。

今後とも弊社商品をご愛顧くださいますよう、よろしくお願い申し上げます。

（署名）

出貨通知

主旨：出貨通知

××××股份有限公司
海外開發部　××××經理

我是○○股份有限公司業務部的山田一郎。
謝謝平日關照。

貴公司於×月×日所訂購的××× 1,000 個已經於本日出貨了。預計在×月×
日會送達貴公司，敬請確認查收。

隨貨並附上出貨單，也請點收確認。

今後仍希望多多惠顧敝公司的產品。

特此通知已經出貨的訊息。

（署名）

件名：納入品数量不足のお知らせ

×××× 株式会社
海外開発部　××××様

○○株式会社、営業部の山田一郎でございます。
日頃よりお世話になっております。

さて、貴社×月×日付商品番号××、1,500個のご注文の件に関して、現在、納入できます在庫は1,000個となっております。当方の不手際から、大変ご迷惑をおかけして申し訳ございません。

そこで恐れ入りますが、とりあえず今回のご注文は1000個に訂正させていただけないでしょうか。○月以降予定の次回入荷後、早急にご連絡させていただきます。その際再度ご注文をいただくという形ではいかがでしょうか。

今後このような事態が生じないよう、管理の徹底に努めてまいります。なにとぞ事情をお汲み取りのうえ、これからも変わらぬお引き立てのほどを、よろしくお願い申し上げます。

取り急ぎ、お詫びかたがたお願いまで。

（署名）

3-7　數量不足的情況下出貨

主旨：交貨數量不足的通知

××××股份有限公司
海外開發部　××××經理

我是○○股份有限公司業務部的山田一郎。
謝謝平日關照。

貴公司於×月×日所下訂的號碼××商品 1,500 個，目前可以出貨的庫存只有 1,000 個。因為敝公司的疏忽，給您添了麻煩，非常抱歉。

由於要等到○月以後才會再進貨，時間也延後太久，所以不知是否可以先將此訂單的數量變更為 1,000 個呢？

待庫存有再進貨時，會另外再通知。到時煩請再下訂單為盼。真的是十二萬分的抱歉，敬請理解與見諒。

今後敝公司將更努力貫徹（流程）管理，以免再發生同樣的情況。敬請再繼續惠予支持與愛顧。

造成貴方的困擾，謹致上由衷的歉意。

謹此致歉。

（署名）

---

❶ 汲み取り：「諒解；體諒；考慮」的意思。

件名：出荷遅延のお知らせ

×××× 株式会社
海外開発部　×××× 様

○○ 株式会社、営業部の山田一郎でございます。
日頃よりお世話になっております。

今回は ××× の件に関してまして、大変ご迷惑をおかけしましたこと、心よりお詫び申し上げます。×× 運輸会社に再度連絡をいたしましたところ、○○ 便のスペースの確保ができず、出荷が滞っているとのことでございます。

現時点で、次便の予定は × 日 × 時との連絡を受けております。最終確認が取れ次第、改めて出荷通知のご連絡を差し上げますので、しばらくのご猶予をいただけませんでしょうか。

お急ぎのところまことに申し訳ありませんが、スケジュールの再調整をお願い申し上げます。

取り急ぎ、お詫びかたがたお願いまで。

（署名）

3-8 A 出貨延後通知

主旨：出貨延後通知

××××股份有限公司
海外開發部　××××經理

我是〇〇股份有限公司業務部的山田一郎。
謝謝平日關照。

關於此次×××的出貨問題，實在是非常抱歉，敬請見諒。雖已經再次和×
×運輸公司聯絡過了，但因為沒有訂到〇〇號貨輪的艙位，所以沒有辦法準
時出貨。

目前已經取得下一班船次×日×時的預約艙位，只要一經確認無誤後，會馬
上再重新發出貨通知。是否可以再寬限我們一些時間？

在緊急之際，真的很抱歉。敬請依上述的預定（新船期）行程做入庫調整。

今後尚請多多指教與惠顧。

特此通知。

（署名）

件名：出荷遅れ製品の発送のご通知
しゅっか おく せいひん はっそう つう ち

××××株式会社

海外開発部　××××様

○○株式会社、営業部の山田一郎でございます。
かぶしきがいしゃ えいぎょう ぶ やま だ いちろう

日頃よりお世話になっております。
ひ ごろ せ わ

さて、×月×日付にてご注文いただきました×××の納期が遅れて
がつ にちづけ ちゅうもん のう き おく

しまいましたこと、大変ご迷惑をおかけしました。心よりお詫び申
たいへん めいわく こころ わ もう

し上げます。
あ

一部品切れのため部品の製造が遅れ、×日ほど納品期日が遅延して
いち ぶ しな ぎ ぶ ひん せいぞう おく にち のうひん き じつ ち えん

しまいましたが、本日12日に○○便にて発送をいたしました。16日
ほんじつ にち びん はっそう にち

には貴社にお届けできる予定です。製品到着の際は、ご査収のほ
き しゃ とど よ てい せいひんとうちゃく さい さ しゅう

ど、よろしくお願いいたします。
ねが

このような事態を二度と招かぬよう、一層の注意をいたしますの
じ たい に ど まね いっそう ちゅう い

で、今後とも弊社製品のご愛顧を、どうかよろしくお願い申し上げ
こん ご へいしゃせいひん あい こ ねが もう あ

ます。

添付書類：納品書／受領書
てん ぷ しょるい のうひんしょ じゅりょうしょ

（署名）

3-8 Ⓑ 出貨延後通知

主旨：延遲的貨品的出貨通知

××××股份有限公司
海外開發部　××××經理

我是○○股份有限公司業務部的山田一郎。
謝謝平日關照。

有關貴公司×月×日所訂購的×××，因為交期延後，造成貴公司莫大的困擾，由衷地表達歉意。

由於部分零件斷貨而造成生產延後，所以交期延後了×天。

（貨品）已於本日 12 日○○班次出貨，預定 16 日抵達，貨到後敬請查收。

今後敝公司會更注意小心不會再發生這種情況，敬請對敝公司的產品繼續給予支持與愛顧。

　　附加文件：出貨單／領貨單

（署名）

件名：発送品着荷のご確認

××××株式会社
海外開発部　××××様

○○株式会社、営業部の山田一郎でございます。
日頃よりお世話になっております。

さて、去る×月×日付でご注文いただきました弊社製品に関して、×月×日に弊社××工場より船便にて出荷いたしましたが、無事着荷しておりますでしょうか。

万一未着の場合には即刻調査いたしますので、お手数ですが、至急ご確認のうえ、ご連絡をお願い申し上げます。

以上、取り急ぎ着荷のご確認まで。

（署名）

3-9 查詢出貨是否收到

主旨：請確認出貨是否送達

××××股份有限公司
海外開發部　××××經理

我是○○股份有限公司業務部的山田一郎。
謝謝平日關照。

貴公司於×月×日所訂購的商品，已於×月×日由敝公司的 ×× 工廠以船運出貨，請問是否已經收到貨品了？

若貴公司沒有收到貨品，敝公司會馬上追查，所以請盡快查明後回覆。

特此敬請查詢。

（署名）

件名：着荷（ちゃく に）のご通知（つう ち）

××××株式会社
海外開発部　××××様

○○株式会社（かぶしきがいしゃ）、営業部（えいぎょう ぶ）の山田一郎（やま だ いちろう）でございます。
日頃（ひ ごろ）よりお世話（せ わ）になっております。

×月（がつ）×日付（にちづけ）でご発送（はっそう）いただきました×××は、本日（ほんじつ）×日（にち）、無事（ぶ じ）に着荷（ちゃくに）
いたしました。

早速納品書（さっそくのうひんしょ）と照合（しょうごう）し検品（けんぴん）いたしましたところ、品目（ひんもく）、数量（すうりょう）ともに
注文（ちゅうもん）と相違（そう い）なく、破損（は そん）などの異常（い じょう）もございませんでした。貴社（き しゃ）の
ご配慮（はいりょ）❷に深謝（しんしゃ）いたしております。

受領書（じゅりょうしょ）を添付（てん ぷ）いたしますので、ご確認（かくにん）のほど、よろしくお願（ねが）い申（もう）し
上（あ）げます。

（署名）

3-10 貨到通知

主旨：貨到通知

××××股份有限公司
海外開發部　××××經理

我是○○股份有限公司業務部的山田一郎。
謝謝平日關照。

貴公司於×月×日所送出的×××貨品，已經於今天（×日）確實收到無誤。

經與出貨單對照查核後，品名、數量都和訂單相符，貨品也沒有破損等異常情況。特此告知，謝謝貴公司的關心。

附上簽收單，敬請確認。

特此通知貨已抵達。

（署名）

---

❶ 配慮：「關照」的意思。

問題 1

畫底線的地方，請改為正確表現。

❶ さて、5月12日付納品のARS-5-PKに不良品が混在していたとのこと、すごく申し訳なく、ほんとうにごめんなさい。

_____

❷ 不良品11個につきましては、きょう代替品を送りました。検収してください。

_____

❸ これからはこんなことがもう1回起こらないよう、品質管理のチェック体制を強化し、十分注意していきますので、今回のことはどうか許してくれるよう、お願いします。

_____

敬語補充站！ 　　該附加「お」？或附加「ご」？

接頭語「お」及「ご」要如何選擇，一般來說是有規則的。「お」附加在「和語」之前，而「ご」附加在「漢語」之前。若將相同意義的語彙做比較，便能夠理解。

お勤め・ご勤務（工作）　　お望み・ご希望（希望）
お尋ね・ご質問（詢問）　　お静かに・ご静粛に（肅靜）

也有例外。有些語詞雖然是漢語，但與和語同為日常生活使用的語彙，便附加「お」。

お弁当、お食事、お支度、お行儀、お料理、
お勘定、お散歩、お電話、お掃除……

反之，也有在和語前方附加「ご」的情況。

ごゆっくり、ごひいき、ごもっとも……

也有附加「お」或「ご」，兩者皆可的例子。

お返事 ・ ご返事 ／お勉強 ・ ご勉強
お年始 ・ ご年始 ／お通知 ・ ご通知

也有完全不附加「お」或「ご」的例子。

- **外來語：**コーヒー、ジュース、トイレ、ノート、ベッド、カーテン、コップ……（但有些人會將「ビール、トイレ」附加上「お」，如：おビール、おトイレ）

- **動物：**牛、鳥、鳩、雀……（但也有例外，如：お馬さん、お猿さん……）

- **植物：**稲、麦、杉、松、朝顔……（但也有例外，如：お米、お花……）

件名：品切れのご通知

×××× 株式会社
海外開発部　××××様

○○株式会社、営業部の山田一郎でございます。
日頃よりお世話になっております。

さて、×月×日付でご注文いただきました×××に関して、大変申し訳ございませんが、現在品切れとなっております。

現在できる限り早期の出荷ができますよう、弊社工場では増産に取り組んでおりますゆえ、近々ご納品できるかと存じます。

いずれ納期が調い次第、早急にご連絡差し上げます。ご迷惑をおかけいたしますが、しばらくご猶予を賜りますようお願い申し上げます。

まずは、品切れのご通知まで。

（署名）

缺貨通知

主旨：缺貨通知

××××股份有限公司
海外開發部　××××經理

我是○○股份有限公司業務部的山田一郎。
謝謝平日關照。

貴公司於×月×日所訂購的×××，目前缺貨。因此造成貴公司莫大的困擾，真的感到非常抱歉。

目前敝公司已經要求工廠盡快增產，希望盡可能提早交貨，所以不久應該就可以交貨。

只要確認交貨時間，會馬上與您聯絡，請再給予我們一些時間。

特此通知缺貨事宜。

（署名）

件名：送金のご通知

×××株式会社

海外開発部　××××様

○○株式会社、営業部の山田一郎でございます。

日頃よりお世話になっております。

さて、×月×日付でご請求の商品代金について、本日×日貴社ご指定の○○銀行への振り込みが完了いたしましたので、ご連絡申し上げます。

振込受領書を添付いたしますので、ご確認のほど、よろしくお願い申し上げます。

取り急ぎ、お知らせまで。

（署名）

3-12 匯款通知

××××股份有限公司
海外開發部　××××經理

我是○○股份有限公司業務部的山田一郎。
謝謝平日關照。

貴公司×月×日的△△△貨品的請款，今天×日已經匯到貴公司所指定的
○○銀行的帳戶，特此通知。

謹附上匯款單，敬請確認。

特此通知。

（署名）

件名：代金受納（だいきんじゅのう）のご通知（つうち）

××××株式会社
海外開発部　××××様

○○株式会社（かぶしきがいしゃ）、営業部（えいぎょうぶ）の山田一郎（やまだいちろう）でございます。
日頃（ひごろ）よりお世話（せわ）になっております。

さて、×月（がつ）×日付（にちづけ）でご注文（ちゅうもん）いただきました×××の代金（だいきん）、×××円（えん）
を早速当社口座（さっそくとうしゃこうざ）にお振（ふ）り込（こ）みいただき、ありがとうございました。
確（たし）かに受納（じゅのう）いたしました。

つきましては領収書（りょうしゅうしょ）を添付（てんぷ）いたしますので、ご確認願（かくにんねが）います。

今後（こんご）とも弊社（へいしゃ）をご愛顧（あいこ）くださいますよう、お願（ねが）い申（もう）し上（あ）げます。

（署名）

3-13 收到貨款通知

主旨：收到貨款通知

××××股份有限公司
海外開發部　××××經理

我是○○股份有限公司業務部的山田一郎。
謝謝平日關照。

感謝貴公司迅速將×月×日所訂購的×××的貨款×××日圓，匯入敝公司
的帳戶，貨款已經確實收到無誤。

附上收據，敬請查收。

今後仍請多多支持與愛顧。

（署名）

件名：価格変更のお知らせ

××××株式会社
海外開発部　××××様

○○株式会社、営業部の山田一郎でございます。
日頃よりお世話になっております。

さて、ご好評をいただいております弊社製品×××に関して、原材料価格並びに諸経費の高騰に伴い、従来の価格維持が困難となってまいりました。

弊社におきましても、あらゆる手段を講じて◼️まいりましたが、品質維持のため、不本意ながら価格改定のやむなきに至りました。

つきましては、まことに心苦しいことながら、×月×日付ご注文より新価格にてのお引き受けさせていただきますことをご了承ください。

新旧価格につきましては、添付の価格一覧表をご参照いただきたいと存じます。

なお、今後とも一層のサービスに努めさせていただき、これまで以上にご満足いただけるよう努力してまいりますので、相変わりませずお引き立てのほど、よろしくお願い申し上げます。

（署名）

144

主旨：價格變更的通知

××××股份有限公司
海外開發部　××××經理

我是○○股份有限公司業務部的山田一郎。
謝謝平日關照。

敝公司頗受好評的商品×××，因為原物料價格高漲，各項費用也相對提高，很難再維持原來的價格。雖然敝公司嘗試過各種方式，希望可以避免調整價格，但是為了維持品質（還是）不得不做調漲。

很抱歉從×月×日的下訂開始，就會以新價格處理，敬請諒解。附上（新舊）價格一覽表，敬請參考。

今後，敝公司會努力提供更好的服務，滿足貴公司（的期待與要求），請繼續惠與支持和愛顧。

（署名）

---
❶ 講じて：嘗試各種可能。

〜まいります

以「動詞て形＋まいります」表示「之後一直持續〜」。「まいる」是「行く」的謙讓語。「〜ていきます」更為客氣的表現就是「〜てまいります」。商用 Email 的招呼語或是道歉文中經常使用。

問題 1

請改為正確表現。

例 ご希望にお応えできますよう努力していきます。

⇨ 努力してまいります。

❶ 引き続き全力で取り組んでいきます。

⇨ _____

❷ ご期待に添えますよう精進していきます。

⇨ _____

❸ 今後このようなことのないよう十分注意していきます。

⇨ _____

問題
2

請從 ⓐ ⓑ ⓒ 中選出正確的答案。

❶ しばらくの（　　　　　）をいただけませんでしょうか。
　　ⓐ ご了承（りょうしょう）
　　ⓑ ご厚情（こうじょう）
　　ⓒ ご猶予（ゆうよ）

❷ 万一（まんいち）（　　　　　）の場合（ばあい）には、至急調査（しきゅうちょうさ）いたしますので、ご連絡（れんらく）をお願（ねが）い申（もう）し上（あ）げます。
　　ⓐ 未着（みちゃく）
　　ⓑ 離着（りちゃく）
　　ⓒ 発着（はっちゃく）

❸ 商品発送（しょうひんはっそう）の準備（じゅんび）を進（すす）めており、（　　　　　）納品（のうひん）できるかと存（ぞん）じます。
　　ⓐ 益々（ますます）
　　ⓑ 近々（ちかぢか）
　　ⓒ 少々（しょうしょう）

❹ ご注文商品（ちゅうもんしょうひん）の代金（だいきん）を、当社口座（とうしゃこうざ）に（　　　　　）いただき、ありがとうございました。
　　ⓐ お振（ふ）り込（こ）み
　　ⓑ お預（あず）け
　　ⓒ お受（う）け取（と）り

❺ 諸経費高騰（しょけいひこうとう）に伴（ともな）い、価格改定（かかくかいてい）の（　　　　　）。
　　ⓐ やむを得（え）ずいたしました
　　ⓑ やむなきに至（いた）りました
　　ⓒ やむにやまれません

147

件名：×××値下げ（ねさげ）のお知（し）らせ

××××株式会社
海外開発部　××××様

○○株式会社（かぶしきがいしゃ）、営業部（えいぎょうぶ）の山田一郎（やまだいちろう）でございます。
日頃（ひごろ）よりお世話（せわ）になっております。

さて、ご好評（こうひょう）をいただいております弊社製品（へいしゃせいひん）×××に関（かん）して、生産（せいさん）合理化（ごうりか）、経費節減（けいひせつげん）などの努力（どりょく）の結果（けっか）、生産量（せいさんりょう）の拡大（かくだい）とコスト削減（さくげん）を達成（たっせい）し、当製品（とうせいひん）を即日（そくじつ）より値下（ねさ）げすることを決定（けってい）いたしました。

新価格（しんかかく）につきましては、添付（てんぷ）の価格一覧表（かかくいちらんひょう）をご参照（さんしょう）いただきたいと存（ぞん）じます。

今後（こんご）とも一層（いっそう）のご支援（しえん）を賜（たまわ）りますよう、お願（ねが）い申（もう）し上（あ）げます。

（署名）

3-15 降價通知

主旨：×××降價通知

××××股份有限公司
海外開發部　××××經理

我是○○股份有限公司業務部的山田一郎。
謝謝平日關照。

特別提出向貴公司報告：本公司獲得好評的商品×××，由於（敝公司）生
產合理化、經費節省等因素，而達成了擴大產能降低成本的目標。

因此，敝公司決定該商品從即日開始降價，特此知照。

附上新價格一覽表，敬請參照。

今後仍請多多惠與支持。

（署名）

件名：信用状発行のお願い

××××株式会社
海外開発部　××××様

○○株式会社、営業部の山田一郎でございます。
日頃よりお世話になっております。

さて、貴社よりの×月×日付注文番号○○のご注文品に関して、発送準備が調いましたので、ご連絡いたします。

つきましては、総額××万円也❶をご確認のうえ、お取引銀行にて荷為替信用状❷を発行していただきますよう、お願い申し上げます。

なお、必要書類を添付いたしますので、ご確認のほど、お願いいたします。

以上、取り急ぎご連絡まで。

（署名）

3-16 請求開立信用狀

主旨：請求開立信用狀

××××股份有限公司
海外開發部　××××經理

我是○○股份有限公司業務部的山田一郎。
謝謝平日關照。

有關貴公司於×月×日所下訂的訂單號碼○○的貨品，已經做好出貨準備，
特此通知。

敬請確認總金額×××日圓整後，開立往來銀行的不可撤銷信用狀。

附上相關資料，請確認。

特此通知。

（署名）

---

❶ 円也（えんなり）：「……圓整」的意思。
❷ 荷為替信用狀（にがわせしんようじょう）：「不可撤銷信用狀」的意思。

件名：L/C（信用状）訂正のお願い

××××株式会社
海外開発部　××××様

○○株式会社、営業部の山田一郎でございます。
日頃よりお世話になっております。

さて、貴社よりの×月×日付注文番号○○における信用状を精査いたしましたところ、添付ファイルの通り内容の一部に不備が見つかりました。再度ご確認のうえ、ご訂正いただきますよう、お願いいたします。

以上、取り急ぎご連絡まで。

　添付書類：L/C訂正内容詳細

（署名）

3-17 請求修改信用狀

主旨：請求修改 L/C（信用狀）

××××股份有限公司
海外開發部　××××經理

我是○○股份有限公司業務部的山田一郎。
謝謝平日關照。

關於貴公司於×月×日所下訂，訂單號碼○○的信用狀內容，經確認後發現
部分有些問題，請參照附件。敬請再次確認後修改。

特此緊急通知。

　　附加文件：L/C 修改詳細內容

（署名）

件名：信用状訂正のお願い

××××株式会社
海外開発部　××××様

〇〇株式会社、営業部の山田一郎でございます。
日頃よりお世話になっております。

さて、貴社よりの×月×日付××のご注文に関して、お電話でも
お伝えさせていただきました通り、最終金額が以下のように変更と
なりましたので、ご連絡いたします。

内容をご確認のうえ、信用状のご訂正をお願いいたします。当方に
て訂正確認ができましたら、直ちに船積み[1]の手配をいたします。

お忙しいところお手数をおかけしますが、ご理解とご協力をお願
い申し上げます。

　　　　　　　　…………記………………
訂正前　　　　　　→　　訂正後
総額××万円　　　→　　総額〇〇万円

以上

（署名）

3-18 請求更改信用狀

主旨：要求修改信用狀

××××股份有限公司
海外開發部　××××經理

我是○○股份有限公司業務部的山田一郎。
謝謝平日關照。

有關貴公司於×月×日所訂購的××，誠如已經在電話中聯絡過的，謹通知最後金額變更如下。

敬請確認內容後，修改信用狀（金額）。敝公司確認後，會馬上處理裝船事宜。

百忙當中敬請理解並配合協助。

......................記......................

修正前		修正後
總金額×××萬日圓	→	總金額○○○萬日圓

以上

（署名）

---

❶ 船積み（ふなづみ）：「裝船」的意思。

問題 1

依據下列的提示，試著撰寫一篇商用 Email 文書。

相手先 山風株式会社　物流部　菊池勝男様

内　容 「100S-ZEN」が原油価格高騰のため、価格改定したことを
知らせる。旧価格は 2500 円で、新価格は 2800 円。2020 年
4 月 1 日注文分より新価格を適用する。

自　分 ○○有限公司業務部　自分の名前

件名 ⤶

本文 ⤶

Part 4

即使是抱怨的 Email，也要留意禮貌，站在對方的立場思考，這點很重要。
這時可以多使用下列的表現：

- 貴社のご事情もあるかと存じますが、
- 弊社とのお取引は、今後も継続したく考えておりますので、
  つきましてはご考慮いただければ幸いです。
- 確認に手間取られているかと拝察いたします。
- ご多忙な時期だけにしかたがないかもしれませんが、なにとぞ
  ご配慮よろしくお願いいたします。

件名：注文品未着のご照会

××××株式会社

海外開発部　××××様

○○株式会社、営業部の山田一郎でございます。

お世話になっております。

さて、×月×日付で貴社に注文いたしました納期予定×月×日の ×××5,000個に関して、本日×月×日の現時点で船積みの連絡を まだいただいておりません。

当方❶では在庫も残り少なくなり、これ以上の遅延は××の製造業 務全体に支障をきたす❷恐れがございます。 何かの手違い❸かとも存じますが、至急ご調査のうえご手配のほ ど、お願い申し上げます。

万一、本メールと行き違い❹に到着の場合は、なにとぞご容赦くださ い。

まずは取り急ぎご連絡いたします。

（署名）

4-1 交期延遲抱怨

主旨：下訂貨品未送達的詢問

××××股份有限公司
海外開發部　××××經理

我是○○股份有限公司業務部的山田一郎。
謝謝平日關照。

有關×月×日所訂購的××× 5,000 個，交期是×月×日。但是到今天×月×日仍然尚未收到裝船通知。

由於本公司庫存所剩不多，如果再延遲的話，恐怕會影響到××的整體生產業務。
不知（這中間）是否有什麼差錯，敬請盡速查明處理。

若本函送達時，貨品已經送到，敬請見諒。

特此緊急通知。

（署名）

---

❶ 当方（とうほう）：「我們；我方」的意思。
❷ 支障（ししょう）をきたす：「帶來影響；產生障礙」的意思。
❸ 何（なに）かの手違（てちが）い：「某差錯；某錯誤」的意思。
❹ 行（ゆ）き違（ちが）い：「錯開」的意思。

～恐れがございます

以「名詞修飾形＋恐れがございます」表示「恐怕～」，用在提醒對方要注意發生某種不太好的事態的可能性。「ございます」是「あります」的客氣語。在商用 Email 中，可以在催促貨期、付款中常用到。除此之外，在商品説明中，也常見到。

問題 1

請改為正確表現。

例 支障をきたすかもしれません。
⮕ 支障をきたす恐れがあります。

---

❶ 当社の信用にも影響するかもしれません。
⮕

---

❷ ご希望にお応えできなくなるかもしれません。
⮕

---

❸ 期日に間に合わなくなるかもしれません。
⮕

問題
2
　　　請從 ⓐ ⓑ ⓒ 中選出正確的答案。

❶ これ以上の遅延は業務全体に（　　　　）恐れがございます。
　　　ⓐ 気に障る
　　　ⓑ 支障をきたす
　　　ⓒ 故障する

❷ 万一、本メールと（　　　　）に到着の場合は、なにとぞご容赦く
ださい。
　　　ⓐ 行き帰り
　　　ⓑ 行き違い
　　　ⓒ 行き来

❸ 従来の価格を維持することが（　　　　）。
　　　ⓐ 不可能でしょう
　　　ⓑ あり得ないことです
　　　ⓒ 困難となってまいりました

❹ 新旧価格につきましては、添付の価格一覧表を（　　　　）と存
じます。
　　　ⓐ 拝見していただきたい
　　　ⓑ 変更していただきたい
　　　ⓒ ご参照いただきたい

❺ 生産合理の結果、（　　　　）削減を達成いたしました。
　　　ⓐ コスコ
　　　ⓑ コスト
　　　ⓒ コスメ

161

件名：注文品未着のご照会

×××株式会社
海外開発部　××××様

○○株式会社、営業部の山田一郎でございます。
日頃よりお世話になっております。

さて、去る×月×日付で注文しました納期予定×月×日の×××
1,000個に関しまして、本日×月×日の時点で未着となっております。

この事態に弊社も顧客より状況説明を求められておる次第です。

納期を何度も確認しておりましたので、何かの手違いかとも存じますが、早急にご調査のうえ、ご連絡くださいますようお願い申し上げます。

万一、本メールと行き違いに品物が到着の場合は、速やかにご連絡いたします。

まずは取り急ぎ用件まで。

（署名）

4-2　訂貨未到的詢問

主旨：訂貨未到的詢問

××××股份有限公司
海外開發部　××××經理

我是○○股份有限公司業務部的山田一郎。
謝謝平日關照。

關於敝公司於×月×日所訂購的××× 1,000 個，交期是×月×日，但是截至
今天 × 月 × 日為止尚未收到。

同時客戶方面也一再要求敝公司說明（無法供貨的）情況。

有關交期的問題已經確認過很多次了，也許是哪裡出了問題狀況，請儘速查
明確認後與我們聯絡。

若本函送達時，貨品已經送到，會儘速與您聯絡。

特此函達。

---

❶ 早急：「早急」可以讀作「そうきゅう」或是「さっきゅう」。

件名：×××納期遅延のお詫び

×××株式会社
海外開発部　××××様

○○株式会社、営業部の山田一郎でございます。
平素は格別のお引き立てを賜り、まことにありがとうございます。

さて、ご注文いただいた×××5,000個の納期遅延の件、ご迷惑を
おかけしておりますこと、深くお詫び申し上げます。

メーカーからの入荷が遅れており、問い合わせたところ、×日まで
には入荷できる予定とのことでございます。

入荷次第、ただちに貴社へ発送の手配をいたします。納期の期日が
確定しましたら、再度ご連絡いたします。

お急ぎのところ申し訳ございません。なにとぞご了承くださいま
すよう、よろしくお願い申し上げます。

取り急ぎお詫びまで。

（署名）

4-3　交期延遲道歉

主旨：×××交期延遲道歉

××××股份有限公司
海外開發部　××××經理

我是〇〇股份有限公司業務部的山田一郎。
謝謝平日特別關照。

關於貴公司下訂的××× 5,000 個，交期延後的問題，造成貴公司的困擾與不便，僅致上十二萬分的歉意。

原供應廠商進料延遲，敝公司已經詢問過供應廠商，預定在×日之前會交貨，一旦進貨後馬上準備給貴公司出貨。確定出貨日期後，會馬上聯絡貴公司。

在緊急之際，很抱歉，敬請見諒。

謹此致歉。

（署名）

件名：着荷品の数量不足の通知
ちゃく に ひん　すうりょう ぶ そく　つう ち

××××株式会社

海外開発部　××××様

○○株式会社、営業部の山田一郎でございます。
かぶしきがいしゃ　えいぎょう ぶ　やま だ いちろう

日頃よりお世話になっております。
ひ ごろ　　　　せ わ

×月×日付で注文いたしました×××につきまして、本日着荷いたし
がつ　にちづけ ちゅうもん　　　　　　　　　　　　　　　　　　　　　　ほんじつちゃく に

ましたことをお知らせいたします。
　　　　　　　し

早速納品書と照合しましたところ、納品数が 1000 個のところ、950
さっそくのうひんしょ　しょうごう　　　　　　　　　　　　　のうひんすう　　　　　こ

個しか送付されておらず、50 個の不足がございました。
こ　そう ふ　　　　　　　　　　　こ ふ そく

お忙しいところお手数ですが、至急お調べいただき、不足分を至
いそが　　　　　　　て すう　　　　　し きゅう　しら　　　　　ふ そくぶん　し

急お送りくださいますよう、お願いいたします。なお、受領書も
きゅう　おく　　　　　　　　　　　　　　ねが　　　　　　　　　　じゅりょうしょ

訂正しておきましたので、ご確認ください。
ていせい　　　　　　　　　　　　かくにん

取り急ぎ、お知らせとお願いまで。
と いそが　　　し　　　　ねが

（署名）

4-4 抗議數量不足

主旨：到貨物品數量不足的通知

××××股份有限公司
海外開發部　××××經理

我是○○股份有限公司業務部的山田一郎。
謝謝平日關照。

今天收到了敝公司於×月×日所訂購的×××，特此通知。

收到後馬上和出貨明細對照確認，（發現）出貨單上記載的數量是 1,000 個，
（點收）只有 950 個，不足 50 個。

值此業務繁忙之際，委請貴公司盡速調查，並請盡快寄出不足的部分。
此外，敝公司也將簽收單的數量做了更正，煩請確認。

特此告知及要求處理。

（署名）

件名：品違いのお詫び

××××株式会社
海外開発部　××××様

○○株式会社、営業部の山田一郎でございます。
日頃よりお世話になっております。

×月×日付のメール、拝受いたしました。貴社ご注文とは違う品をお届けしたとのこと、多大なご迷惑をおかけしました。まことに申し訳なく、深くお詫び申し上げます。

調べましたところ、データ処理の際の伝票入力ミスであることが判明しました。弁解の余地もなく、ただ陳謝するばかりでございます。

貴社ご注文の商品××につきましては、本日×月×日付であらためて発送いたしましたので、どうぞご査収ください。

なお、たいへんお手数ではございますが、誤送の品は弊社宛に、着払い[1]にてご返送くださいますよう、お願いいたします。

今後はこのようなミスを起こさぬよう、努力してまいる所存[2]でございます。なにとぞご寛恕いただき、今後とも変わらぬお引き立てを賜りますよう、お願い申し上げます。

取り急ぎ、お詫びと再発送のご連絡をいたします。

（署名）

4-5 出貨失誤的致歉

主旨：貨品錯誤的致歉

××××股份有限公司
海外開發部　××××經理

我是○○股份有限公司業務部的山田一郎。
謝謝平日關照。

收到貴公司×月×日的Email，得知（敝公司）送錯了貴公司下訂的商品，徒增貴公司莫大的困擾，感到十二萬分的歉意。

調查的結果，得知是因為處理資料時，傳票輸入錯誤而導致。實在無沒有任何辯解的餘地，只能真誠地致上萬分的歉意。

貴公司所下訂的××已於本日○月○日重新再出貨，敬請查收確認。另外，是否可以麻煩您將上次出錯的貨再寄回敝公司，運費由敝公司負責。

今後敝公司一定會努力避免類似的問題發生，敬請見諒海涵。

敬請貴公司今後仍繼續惠予愛顧與支持。

特此致歉及再發送聯絡。

（署名）

---

❶ 着払い：「對方付費；貨到付費」的意思。
❷ 所存：「打算；考慮；……想」的意思。

～所存（しょぞん）でございます

「動詞辞書形＋所存でございます」是「打算做～；想要做～」的意思。是「～するつもりです」、「～たいと思います」的拘謹表現。在商用 Email 的道歉或是問候文中經常用。

問題 1

畫線的地方，請改為正確表現。

例 今後（こんご）より一層努力（いっそうどりょく）するつもりです
⊃ より一層努力する所存でございます。
_____

❶ 貴社（きしゃ）のお役（やく）に立（た）てるよう、努力（どりょく）していくつもりです。
⊃
_____

❷ 二度（にど）とこのようなミスのないよう、細心（さいしん）の注意（ちゅうい）を払（はら）うつもりです。
⊃
_____

❸ 皆様（みなさま）のお役（やく）に立（た）てますよう、全力（ぜんりょく）を尽（つ）くすつもりです。
⊃
_____

❹ 今後（こんご）このようなことのないよう、万全（ばんぜん）を期（き）すつもりです。
⊃
_____

問題 2

請從 a b c 中選出正確的答案。

❶ 注文品未着 の 状態に、弊社も顧客 より 状況説明（　　　　）
いる次第です。

- a をいただいて
- b を求められて
- c をさせて

❷ メーカーに問い合わせたところ、25 日までには 入 荷できる予定
（　　　　）でございます。

- a のつもり
- b とおもう
- c とのこと

❸ 弁解の（　　　　）もなく、ただ陳謝するばかりです。
- a 余地
- b 余裕
- c 余白

❹ ご 注 文品の発送 準 備が（　　　　）ので、ご連絡申し上げます。
- a 送りました
- b 調いました
- c 受注しました

❺ 信用 状 の一部に（　　　　）が見つかりました。
- a 不備
- b 不純
- c 不慮

件名：納入品数量不足のお詫び

××××株式会社

海外開発部　××××様

○○株式会社、営業部の山田一郎でございます。
日頃よりお世話になっております。

このたび納入品×××の数量不足について、弊社の不手際[1]でご
迷惑をおかけしたこと、心よりお詫び申し上げます。

調査の結果、弊社商品管理システム誤作動によって、今回の事態
が生じるに至った次第でございます。
早速不足分50個を○○便にて本日発送いたしました。×日までには
お届けできると存じます。

今回出荷分の受領書を新たに送付いたしましたので、ご査収くだ
さい。

今後このような事態が発生しないよう、管理の徹底に努めてまいり
ますので、従来どおり変わらぬお引き立てのほど、よろしくお願い
申し上げます。

取り急ぎ、お詫びと再送のご連絡をいたします。

（署名）

4-6 出貨數量不足道歉

主旨：出貨數量不足道歉

××××股份有限公司
海外開發部　××××經理

我是○○股份有限公司業務部的山田一郎。
謝謝平日關照。

關於貴公司來函詢問×××出貨數量不足之件，因為敝公司作業上的疏失，
給貴公司造成困擾，謹致上最深的歉意。

調查的結果是敝公司的商品管理系統出錯，才發生此次狀況。
不足的 50 個已經在今天以○○班次寄出，貴公司應該在×日之前會收到。

寄出出貨數量簽收單，敬請查收。

敝公司為避免以後再發生相同的問題，會徹底改善管理。懇請今後仍繼續惠
與支持與愛顧。

特此致歉及通知再出貨。

（署名）

---

❶ 不手際：「有漏洞；有疏失；不恰當」的意思。

173

不良品納入に対する抗議

件名：不良品のお知らせ

××××株式会社
海外開発部　××××様

○○株式会社、営業部の山田一郎でございます。
日頃よりお世話になっております。

×月×日付にてご発送いただきました×××、本日着荷いたしました。ありがとうございました。

早速検品いたしましたところ、100個のうち6個に一部製造上のミスと思われる凹みが発見されました。
凹みが大きいため、商品として取り扱うことはできかねます[1]。
取りあえず1個を返送いたしますので、ご調査のうえご返答をください ますよう、お願い申し上げます。

取り急ぎ、お知らせとお願いまで。

（署名）

4-7 到貨不良品抗議

主旨：到貨不良品通知

××××股份有限公司
海外開發部　××××經理

我是○○股份有限公司業務部的山田一郎。
謝謝平日關照。

今天已經收到貴公司於×月×日所出貨的×××，非常感謝。

馬上驗收的結果，100 個之中發現有 6 個好像是生產時所造成的凹陷（瑕疵）。由於凹陷過大，很難當作一般商品來銷售。
特別將（其中）1 個（不良品）寄回貴公司。請調查確認（不良原因）後，再回覆敝公司。

特此通知。

（署名）

❶ かねます：「Ｖ マス＋かねます」表示「難以……」的意思。

件名：×××不良品の件について

×××株式会社
海外開発部　××××様

○○株式会社、営業部の山田一郎でございます。
平素は格別のお引き立てを賜り、まことにありがとうございます。

さて、このたびは×月×日に納入[1]しました×××につきまして、接続不良があったとのこと、まことに申し訳なく、深くお詫びいたします。

弊社調査の結果、生産ラインの××部分における金型[2]の摩滅が原因だと判明いたしました。

つきましては、至急全製品の回収をさせていただき、再度厳重に製品チェックをし直したいと存じます。
近日中に担当者が参上[3]し、完全品の納入と、先の製品の回収をさせていただきます。

今後は生産管理体制及び社員教育をさらに徹底し、再発の防止に努める所存でございます。なにとぞご寛容いただき、今後とも引き続きご厚情を賜りますよう、よろしくお願い申し上げます。

取り急ぎ、お詫びまで。

（署名）

4-8 到貨不良品道歉

主旨：×××不良品報告

××××股份有限公司
海外開發部　　××××經理

我是○○股份有限公司業務部的山田一郎。
感謝平日特別的愛顧與協助。

對於此次於×月×日到貨的×××發現接觸不良之事，真的非常抱歉，謹致
上十二萬分的歉意。

根據敝公司調查的結果，（發現）因為生產線上××部分的金屬模具磨損。

此次，已經將（這一批）所有的產品收回，再次重新嚴格仔細檢查產品。
最近幾天，負責的人員會將良品親自送達及回收之前寄去的產品。

敝公司為了防範再度發生類似的狀況，今後會更徹底改善生產管理以及員工
教育訓練。懇請原諒，並請今後仍繼續惠予愛顧與支持。

謹此致歉。

（署名）

---

❶ 納入：「交出貨」的意思。
❷ 金型：指金屬的鑄型。
❸ 参上：「前往；拜訪」的意思。

件名：×××サンプルの材質について

×××× 株式会社
海外開発部　×××× 様

○○株式会社、営業部の山田一郎でございます。
日頃よりお世話になっております。

早速お送りいただきました×××のサンプルですが、前回打ち合わせの
際に話し合いましたものとは違う材質が使われております。

弊社といたしましても、材質変更のご連絡はいただいておらず、強度
や有害物質などの懸念がございます。

つきましては、早急にご確認いただきますよう、お願い申し上げま
す。

まずは取り急ぎご通知まで。

（署名）

4-9 抗議規格不一樣

主旨：×××樣品的材質一事

××××股份有限公司
海外開發部　××××經理

我是○○股份有限公司業務部的山田一郎。
謝謝平日關照。

收到貴公司隨即送來×××的樣品，但是樣品的材質和上一次開會討論的不一樣。

敝公司也沒有收到任何材質變更的連絡，（敝公司也）擔心材質的強度問題，以及有害物質等等問題。

敬請盡速確認後，說明狀況。

特此函達。

（署名）

件名：×××サンプル材質ご照会の件

×××株式会社
海外開発部　××××様

○○株式会社、営業部の山田一郎でございます。
平素は格別のお引き立てを賜り、まことにありがとうございます。

×××の材質変更の件、事前の貴社へのご連絡を怠りましたこと
を、深くお詫び申し上げます。

今回材質には○○を使用いたしました。当初の△△を使用するよ
り、低コストとなるばかりか❶作業工程の減少につながります。
また、強度、安全面も△△とほぼ同等であることを実証済みでご
ざいます。

なお、小社としては今後、×××の製造の際は当サンプルの材質○
○を使用していく予定でおります。なにとぞご了承ください。

貴社におかれましては再度ご検討のうえ、ご連絡くださいますよ
う、お願い申し上げます。

（署名）

4-10 規格不一樣之說明

主旨：詢問 ××× 樣品材質一事

××××股份有限公司
海外開發部　××××經理

我是○○股份有限公司業務部的山田一郎。
非常感謝平日特別的愛顧。

對於×××的材質變更事宜，疏於向貴公司聯絡，謹致上萬分的歉意。

這次的材質是使用○○，這比當初使用的△△，我們發現成本低，同時減少作業工程。而且在強度、安全方面證實都與△△是相同等級。

另外，今後敝公司製造×××時，將使用該樣品一樣的○○材質，敬請知悉。

希望貴公司再度檢討確認後，惠予聯絡答覆。

（署名）

---

❶ ばかりか：「…ばかりか」表示「不僅是……而且……」。
❷ 怠り：「疏忽；大意」的意思。

問題
1

畫底線的地方，請改為正確表現。

❶ とても申し訳ないですけど、2月25日付で注文してもらった「マッサージピロー」は、去年12月で生産打ち切りとなり、在庫も全部売り切れてしまいました。

_____

_____

❷ せっかく注文してもらったのに、希望に添えなくてほんとうにすみません。

_____

❸ そこで、価格と性能で、ほとんど同等の新商品「マッサージクッション」でしたら、すぐに納品可能ですが、どうでしょうか。

_____

❹ 「マッサージクッション」のパンフレットと関連資料を添付ファイルで送ったので、検討してください。

_____

敬語補充站！

░░░░░░░░░░░░░░░░░░░░░░░░░░░░░░░░░░░░

時間的敬言正式表現。常用的如下：

普通說法	正式說法	普通說法	正式說法
●今度	この度、今回 （本次）	●いつも	平素は（總是）
●この前	前回（上次）	●今日	本日（本日）
●この次	次回（下次）	●今年	本年（今年）
●さっき	先ほど（適才）	●今日の夜	今夜、今晩（今晚）
●このあいだ	先日（前些日子）	●今日の朝	今朝（今晨）
●きのう	昨日（昨天）	●明日	明日（明日）
●ゆうべ	昨夜（昨夜）	●明日の朝	明朝（明晨）
●おととい	一昨日（前天）	●あさって	明後日（後天）
●去年	昨年（去年）	●後で	後ほど（稍後）
●おととし	一昨年（前年）	●すぐに	ただ今、至急 （目前）
●もう一度	再度、改めて （再次）		

件名：代金お支払いの件

××××株式会社

海外開発部　××××様

○○株式会社、営業部の山田一郎でございます。

日頃よりお世話になっております。

さて、×月×日付でご注文いただきました×××1,000個のご入金について、本日現時点において未だ確認できA。

お支払の期日は×月×日となっておりましたが、何かの手違いかとも存じます。至急お調べのうえご送金くださいますよう、お願い申し上げます。

なお、行き違いでご送金くださいました場合は、失礼のほどご容赦ください。

まずは、取り急ぎご連絡まで。

（署名）

4-11 貨款未付的抗議

主旨：貨款支付一事

××××股份有限公司
海外開發部　××××經理

我是○○股份有限公司業務部的山田一郎。
謝謝平日關照。

關於貴公司於×月×日所訂購的××× 1,000 個的貨款，直到今日仍未收到匯款。
本來的付款日是×月×日，或許付款作業上不知發生什麼差錯，敬請確認查明後盡速惠予付款。
如果 Email 寄到時，貴公司已經匯款，敬請見諒我們的失禮。

特此緊急聯絡。

（署名）

件名：代金未払いのお詫び

××××株式会社
海外開発部　××××様

○○株式会社、営業部の山田一郎でございます。
平素は格別のお引き立てを賜り、まことにありがとうございます。

さて、×月×日付ご請求の代金について、本来ならば×月×日までにご送金いたすところ、お支払が遅れ申し訳ございません。

弊社の人事異動の際、担当部署間での引き継ぎ業務に手違いが生じ、このような失態を引き起こしてしまった次第です。心よりお詫び申し上げます。

ご請求代金×××円につきまして、本日送金いたしましたことをご報告申し上げます。つきましては、入金をご確認いただければ幸いです。
また、送金領収書を添付いたしましたので、併せてご査収ください。

今後このような不始末❶を起こさぬよう努めてまいる所存です。なにとぞご寛恕くださいますよう、お願い申し上げます。

（署名）

4-12　付款未付的道歉

主旨：付款未付的道歉

××××股份有限公司
海外開發部　××××經理

我是〇〇股份有限公司業務部的山田一郎。
感謝平日特別的愛顧。

關於貴公司於×月×日申請的貸款，本來應該在×月×日之前就必須匯款的，但是卻延遲匯款，懇請多多包涵見諒。

由於敝公司的人事異動，負責部門間的連繫業務發生失誤，導致這次（匯款延後）的狀況。再次重申抱歉之意。

今天已經匯款 ××× 日圓，敬請確認查收。另外，附上匯款收據，敬請查收。

今後將更努力，小心謹慎避免再發生這樣的疏失。敬請寬容見諒。

（署名）

---

❶ 不始末：「不注意；不經心」的意思。

依據下列的提示，試著撰寫一篇商用 Email 文書。

相手先 株式会社ウメムラ　末野勉様

内　容 ㈱ウメムラにアロマミスト（ミント）50 個を注文し、12 月 10 日に届いたが、50 個のうち 10 個がアロマミスト（ローズ）だった。間違いなので、ローズは送り返して、ミント 10 個をすぐに送ってもらえるようお願いする。

自　分 ○○有限公司　自分の名前

件名 ⊃

本文 ⊃

問題
2
依據下列的提示，試著撰寫一篇商用 Email 文書。

相手先 玉森電子部品株式会社営業部　内村義一様

内　容 10 月 8 日に玉森電子部品に納品した「LL-2-150-BL」10 個
のうち不良品が 1 個ある、という連絡を受けた。代替品は
今日すでに発送済みである。丁寧にお詫びを言い、今後気
をつける旨を伝える。

自　分 ○○有限公司　自分の名前

件名 ➲

本文 ➲

問題 3

依據下列的提示，試著撰寫一篇商用 Email 文書。

相手先 川西通商株式会社　和田幸雄様

内　容 8月30日に注文した「KSFT-2」20ケースがまだ納品されていない。納期遅延についての連絡も受けていないので、催促・抗議する。

自　分 ○○有限公司業務部　自分の名前

件名 ⊃

本文 ⊃

Part 5

如果要要求或是拜託對方，要留意不要太過強求。表現句子如下：

- 添付資料をご覧いただけると幸いです。
- 今後ともお取引いただけましたら幸甚です。
- ご協力いただければ非常に助かります。
- 日程を再度ご調整してくださると、ありがたいです。
- ご来駕賜りたく、ご案内申し上げます。

件名：お取引（とりひき）へのお礼（れい）

×××✕株式会社
海外開発部　×××✕様

○○株式会社（かぶしきがいしゃ）、営業部（えいぎょうぶ）の山田一郎（やまだいちろう）でございます。
平素（へいそ）は格別（かくべつ）のお引（ひ）き立（た）てを賜（たまわ）り、まことにありがとうございます。

さて、このたびは弊社製品（へいしゃせいひん）×××をご注文（ちゅうもん）いただき、厚（あつ）くお礼（れいもう）申し上（あ）げます。その後（ご）の売（う）れ行（ゆ）きはいかがでしょうか。
×××はこれまで他社（たしゃ）では未開発（みかいはつ）の△△を活用（かつよう）した画期的（かっきてき）な製品（せいひん）として、発売以来（はつばいいらい）お客様（きゃくさま）に大変（たいへん）ご好評（こうひょう）をいただいております。

なお、現在生産（げんざいせいさん）ラインに制限（せいげん）がございますので、次回（じかい）ご注文（ちゅうもん）の折（おり）には、お早目（はやめ）のご連絡（れんらく）をいただければ幸（さいわ）いです。[2]

今後（こんご）とも末長（すえなが）くお取引（とりひき）いただきますよう、よろしくご愛顧（あいこ）のほどお願（ねが）い申（もう）し上（あ）げます。

（署名）

5-1　拜託持續下訂

主旨：感謝交易往來

××××股份有限公司
海外開發部　××××經理

我是○○股份有限公司業務部的山田一郎。
感謝平日特別的愛顧。

承蒙訂購敝公司的 ××× 商品，再次深深表示感謝。不知該商品的銷售狀況
如何？
×××商品靈活運用了其他公司尚未開發的△△，是劃時代的新商品，上市
推出後深獲客戶好評。

另外，由於目前生產線有諸多限制，若下次惠予訂單，請儘早聯絡為盼。

今後希望貴我雙方能夠建立長久的業務往來關係，敬請惠予指教與愛顧。

（署名）

---

❶ リピートオーダー：「repeat order」，「持續下訂」的意思。

❷ 雖然這封信是向對方的訂貨表示謝意，但是最後這句才是重點。前面舖陳致謝
的內容，後面帶出己方的要求，整封信顯得有禮，目的又清楚。

件名：×××発売のお知らせ

××××株式会社
海外開発部　××××様

○○株式会社、営業部の山田一郎でございます。
平素は格別のお引き立てを賜り、まことにありがとうございます。

さて、このたび弊社では、漢字圏ユーザーを対象としたソフトウェア×××の開発に成功いたしました。従来の製品よりもさらに機能、利便性をアップさせたものとなっております。

　詳細につきましては×××の資料（カタログ）をご覧いただき、ぜひご検討いただければ幸いです。

新製品×××に関してご質問などがございましたら、弊社研究開発部○○までご連絡くださいますよう、併せてお願い申し上げます。

（署名）

5-2 新商品介紹

主旨：××× 新上市通知

××××股份有限公司
海外開發部　××××經理

我是○○股份有限公司業務部的山田一郎。
謝謝平日的愛顧。

最近敝公司針對使用漢字消費者為對象，成功開發了×××的軟體。和舊軟體比較，不但功能更強大　也大大提升了使用方便性。

詳細相關資料，敬請參閱檢討。
此外，若對於該商品有任何疑問，請直接與敝公司研究開發部門的○○聯絡。

特此通知新商品上市資訊。

（署名）

件名：カタログ送付のご案内

××××株式会社

海外開発部　××××様

○○株式会社、営業部の山田一郎でございます。

日頃よりお世話になっております。

先日は弊社製品×××をご注文いただき、まことにありがとうございました。

ご承知の通り、弊社は携帯電話の○○を数多く取り扱う専門メーカーでございます。

×××以外にも△△△など、多くのユーザーよりご好評をいただいている製品がございます。

本日は弊社カタログを同封させていただきます。ご高覧のうえ、貴社のお役に立てる商品がございましたら、ぜひお申し付けください。

ご要望、ご不明な点などございます際は、お気軽にご一報ください。担当者が参上のうえご説明させていただく所存です。

今後とも、宜しくお願い申し上げます。

（署名）

5-3 詢問是否需要訂購新商品

主旨：寄送目錄

××××股份有限公司
海外開發部　××××經理

我是〇〇股份有限公司業務部的山田一郎。
謝謝平日關照。

之前接到×××的訂單，再次重申謝意。

如您所知，本公司是〇〇手機多樣機種的專門製造廠商。
除了×××以外，還有很多像△△△等商品，均廣為許多消費者所喜愛。

附上敝公司的商品目錄，敬請參考選用。如果有任何商品可以為貴公司帶來
商機，敬請告知。

此外，若有任何需求或不清楚之處，請與我們聯繫，負責的人會前去拜訪，
並提供詳細說明。

今後請您多多指教。

（署名）

～うえ、…。

以「名詞の／動詞た形＋うえ、」表示「～してから（做～之後，做～）」、
「～した後で（做～後）」。

問題
1

畫線的地方請改為正確表現。

例 <u>確認してから</u>、至急 ご連絡くださいますようお願いいたします。

⊃ ご確認のうえ、_____

❶ <u>理解してから</u>、ご返信をお願い申し上げます。

⊃ _____

❷ <u>署名、捺印してから</u>、ご返送くださいますようお願いいたします。

⊃ _____

❸ <u>皆様誘い合ってから</u>、ご来場くださいますようお願い申し上げます。

⊃ _____

198

問題
2
　　　請從 a b c 中選出正確的答案。

❶ 貴社<ruby>貴<rt>き</rt></ruby><ruby>社<rt>しゃ</rt></ruby>におかれましても、<ruby>今後<rt>こんご</rt></ruby>とも（　　　）お<ruby>取<rt>と</rt></ruby>り<ruby>引<rt>ひ</rt></ruby>きいただき
ますよう、<ruby>宜<rt>よろ</rt></ruby>しくお<ruby>願<rt>ねが</rt></ruby>い<ruby>申<rt>もう</rt></ruby>し<ruby>上<rt>あ</rt></ruby>げます。
　　　a　<ruby>末長<rt>すえなが</rt></ruby>く
　　　b　<ruby>末頼<rt>すえたの</rt></ruby>もしく
　　　c　<ruby>世<rt>よ</rt></ruby>も<ruby>末<rt>すえ</rt></ruby>の

❷ ぜひご<ruby>検討<rt>けんとう</rt></ruby>（　　　）よう、お<ruby>願<rt>ねが</rt></ruby>い<ruby>申<rt>もう</rt></ruby>し<ruby>上<rt>あ</rt></ruby>げます。
　　　a　させられます
　　　b　いたします
　　　c　くださいます

❸ <ruby>発売<rt>はつばい</rt></ruby><ruby>以来<rt>いらい</rt></ruby>、お<ruby>客様<rt>きゃくさま</rt></ruby>に<ruby>大変<rt>たいへん</rt></ruby>（　　　）をいただいております。
　　　a　ご<ruby>好演<rt>こうえん</rt></ruby>
　　　b　ご<ruby>好意<rt>こうい</rt></ruby>
　　　c　ご<ruby>好評<rt>こうひょう</rt></ruby>

❹ まずは、メールにてお<ruby>礼<rt>れい</rt></ruby>（　　　）お<ruby>願<rt>ねが</rt></ruby>いまで。
　　　a　ひろびろ
　　　b　かたがた
　　　c　つぎつぎ

❺ カタログを（　　　）のうえ、お<ruby>役<rt>やく</rt></ruby>に<ruby>立<rt>た</rt></ruby>てる<ruby>商品<rt>しょうひん</rt></ruby>がございました
ら、ぜひ<ruby>弊社<rt>へいしゃ</rt></ruby>までご<ruby>連絡<rt>れんらく</rt></ruby>ください。
　　　a　ご<ruby>見学<rt>けんがく</rt></ruby>
　　　b　ご<ruby>高覧<rt>こうらん</rt></ruby>
　　　c　ご<ruby>参観<rt>さんかん</rt></ruby>

件名：貴社訪問のお願い

××××株式会社
海外開発部　××××様

○○株式会社、営業部の山田一郎でございます。
日頃よりお世話になっております。

このたび弊社××部部長○○と私△△△が訪日することとなりました。そこで、この機会に日頃のご愛顧のお礼を申し上げたく、もしよろしければ、貴社ご訪問ができればと考えております。

つきましては、×月×日から×日までで、貴社のご都合のよろしい日時をご指定いただければ幸いです。

ご多忙のところ恐れ入りますが、なにとぞよろしくお願い申し上げます。

（署名）

5-4　要拜訪客戶的通知

主旨：請求拜訪貴公司

××××股份有限公司
海外開發部　××××經理

我是○○股份有限公司業務部的山田一郎。
謝謝平日關照。

近日，敝公司的××部門的經理○○，和本人△△△將赴日訪問，藉此次機
會想前往貴公司拜訪，以感謝貴公司一直以來的愛顧。

敬請貴公司在×月×日到×日之間，指定方便的時間。

在忙碌之際，特此敬請安排（拜訪日程）。

（署名）

5-5 顧客訪問のお礼

件名：貴社訪問のお礼

××××株式会社
海外開発部　××××様

○○株式会社、営業部の山田一郎でございます。
日頃よりお世話になっております。

先日はご多忙のところ、貴重なお時間を割いていただきまして、まことにありがとうございました。

貴社の皆様にはご丁寧に対応していただき、本当にお礼の申し上げようもございません。数時間にわたる有意義なご懇談を通して、多大な成果を得ることができました。

お世話になりました皆様方に、<u>くれぐれ</u>①もよろしくお伝えください。

今後ともご指導ご鞭撻のほど、よろしくお願い申し上げます。

取り急ぎメールにて、お礼を申し上げます。

（署名）

5-5　感謝招待拜訪

主旨：訪問貴公司的感謝

××××股份有限公司
海外開發部　××××經理

我是○○股份有限公司業務部的山田一郎。
謝謝平日關照。

前些日子，承蒙在百忙當中抽出寶貴的時間，致上萬分的謝意。
承蒙貴公司如此周到的招待，非常感謝。（此次）透過數小時有意義的懇
談，獲得豐碩的成果。

請代為向關照我們的各位一一致上謝意。

今後仍請繼續給予指導與鞭策。

特此書面致謝。

（署名）

---

❶ くれぐれ：「周到」的意思。

件名：××展示会のご案内
てんじかい　あんない

××××株式会社
海外開発部　××××様

○○株式会社、営業部の山田一郎でございます。
かぶしきがいしゃ　えいぎょうぶ　やまだいちろう
日頃よりお世話になっております。
ひごろ　せわ

さて、×月×日より×月×日まで電子製品、部品を集めた大規模
がつ　にち　がつ　にち　でんしせいひん　ぶひん　あつ　だいきぼ
な展示会が、台北貿易センターにて開催されます。弊社も昨年同様
てんじかい　たいぺいぼうえき　かいさい　へいしゃ　さくねんどうよう
ブース❶を構え、新製品を中心に展示する予定です。
かま　しんせいひん　ちゅうしん　てんじ　よてい

つきましては、招待券を送付させていただきますので、ご多忙かと
しょうたいけん　そうふ　たぼう
は存じますが、ぜひご来場賜りますようお願い申し上げます。
ぞん　らいじょうたまわ　ねが　もうあ

取り急ぎ、ご案内まで。
と　いそ　あんない

（署名）

5-6 　敬邀參展

主旨：敬邀參加 ×× 展覽

××××股份有限公司
海外開發部　××××經理

我是○○股份有限公司業務部的山田一郎。
謝謝平日關照。

×月×日到×月×日將於世貿中心舉辦大型的電子商品、零件展。敝公司也
和去年一樣設有攤位，展示新商品。

附上入場招待券，懇請在百忙中撥冗蒞臨指教。

特此函達。

（署名）

---

❶ ブース：booth，「展示攤位」的意思。

件名：ご出展のお礼

××××株式会社
海外開発部　××××様

○○株式会社、営業部の山田一郎でございます。
日頃よりお世話になっております。

先日は×××展示会にご出展くださいまして、まことにありがとうございました。

貴社の新製品にはたくさんのお客様からご好評を頂戴し、また貴社にもご満足いただけたものと大変嬉しく存じております。
今後も出展にご協力いただければ幸いです。

文末ながら❶、貴社の更なるご発展を、心よりお祈り申し上げます。

まずは、ご出展のお礼まで。

（署名）

5-7　感謝參展

主旨：參展的感謝

××××股份有限公司
海外開發部　××××經理

我是○○股份有限公司業務部的山田一郎。
謝謝平日關照。

前些天承蒙參加×××展覽，再次致上萬分的謝意。

貴公司所展出的新商品，深獲許多顧客的好評，相信貴公司對展出的成果也很滿意。今後敬請再多多支持參展。

謹祝貴公司鴻圖大展。

特此致謝。

（署名）

---

❶ 如果是商業書信，可以用「末筆ですが」。

問題 1

畫底線的地方，請改為正確表現。

❶ <u>注文した</u>「XP10-600」について、ご注文の 50 台中 5 台が、在庫不足<u>だから</u>、ご指定の日に納品できない<u>状態になっています</u>。

➲ _____

❷ 確実な発送期日が<u>決まったら</u>、すぐに<u>ご連絡させられていただきます</u>。

➲ _____

❸ <u>急ぎですみませんが</u>、なにとぞご<u>了承ください</u>。

➲ _____

❹ 書中をもって恐縮ですが、お詫びとお連絡を<u>申し上げます</u>。

➲ _____

■■■■■■■■■■■■■■■■■■■■■■■■■■■■■■

請求對方的許可或同意時，常用的表現如下：（做動作的是自己）

➤ 〜させてくださいますよう＋お願いします・お願いいたします・お願い申し上げます

➤ 〜させていただきたく＋お願いいたします・お願い申し上げます

➤ 〜させていただけますでしょうか

➤ 〜させていただけますよう＋お願いします・お願いいたします・お願い申し上げます

➤ 〜させていただきたいのですが、よろしいでしょうか

例

● 完了（かんりょう）させてくださいますよう＋お願いします・お願いいたします・お願い申し上げます。

● ご相談（そうだん）させていただけますでしょうか。

● 今月末（こんげつまつ）をもって退職（たいしょく）させていただきたく、よろしくお願いいたします。

件名：○○工場見学のお願い

×××××株式会社
海外開発部　××××様

○○株式会社、営業部の山田一郎でございます。
日頃よりお世話になっております。

さて、弊社では今春○名の新入社員を採用し、現在研修を行っております。つきましては、現場における製品知識習得を目的とし、貴社○○工場を見学させていただきたく、お願い申し上げる次第です。

現在の計画は下記のとおりです。
ご承諾をいただけますなら、貴社のご都合のよい日程で調整させていただきます。

ご多忙のところ恐縮ですが、折り返しご連絡くださいますようお願い申し上げます。

…………………記…………………
希望日：×月×日～×日のうち1日
希望時間：○時～○時のうち○時間程度
参加人数：○名

以上

（署名）

5-8　請求參觀○○工廠

主旨：請求參觀工廠

××××股份有限公司
海外開發部　××××經理

我是○○股份有限公司業務部的山田一郎。
謝謝平日關照。

今年春天採用了○名新進員工，目前正在見習中。在部分研習中，預定讓他
們學習工廠的生產知識。因此希望能夠到貴公司○○工廠參觀，特此提出要
求。

目前的計畫如下：
若承蒙惠予參觀工廠的話，煩請告知貴公司方便的時間。

業務百忙當中，敬請聯絡回覆。

　　　　　　　………………………記………………………
　　希望日期：×月×日～×日的其中一天
　　希望時間：○點～○點其中○小時左右
　　參加人數：○名

以上

（署名）

件名：工場見学のお礼
こうじょうけんがく れい

××××株式会社
海外開発部　××××様

○○株式会社、営業部の山田一郎でございます。
かぶしきがいしゃ えいぎょうぶ やまだいちろう
日頃よりお世話になっております。
ひごろ せわ

さて、先日の○○工場訪問の際には何かとお世話いただき、心よ
せんじつ こうじょうほうもん さい なに せわ こころ
りお礼を申し上げます。
れい もう あ
××工場長様をはじめ、貴社の皆様方のご高配には、感謝の気持
こうじょうちょうさま きしゃ みなさまがた こうはい かんしゃ きも
ちでいっぱいです。

今回の見学で製品に対する更なる理解、並びに貴社の経営理念を学
こんかい けんがく せいひん たい さら りかい なら きしゃ けいえいりねん まな
ばせていただきました。また、これからのお取引に大きな自信を得
とりひき おお じしん え
ることができました。

今後ともご指導ご鞭撻のほど、よろしくお願い申し上げます。
こんご しどう べんたつ ねが もう あ

（署名）

5-9 參觀工廠後感謝函

主旨：參觀工廠的致謝

××××股份有限公司
海外開發部　××××經理

我是○○股份有限公司業務部的山田一郎。
謝謝平日關照。

前些天到○○工廠訪問時，受到體貼細微的照顧，謹致謝忱。
感謝××廠長以及貴公司每位的關照，內心充滿感謝。

透過此次的參觀，不但對商品更了解，也學習到貴公司的經營理念，對今後
貴我雙方的業務往來更具信心與希望。

今後仍請多多惠予指導和指正。

特此感謝。

（署名）

件名：新会社設立パーティーのご案内

××××株式会社
代表取締役社長××××様

○○株式会社、営業部の山田一郎でございます。
貴社ますますご清栄のことと、お慶び申し上げます。

さて、かねてより私どもは、アジアにおける○○の電子部品シェアを広げるべく❶、新会社設立の準備を進めてまいりました。

そしてこのたび、20××年×月×日より○○電子有限会社を創業する運び❷となりました。

これもひとえに❸皆様方のご支援の賜物❹と、心より感謝いたしております。

つきましては、ささやかではございますが、下記の通り小宴を執り行うこととなりましたので、ご案内させていただきます。

ご繁忙かとは存じますが、ぜひご来臨くださいますよう、お願い申し上げます。

なお、お手数ではございますが、×月×日までにご都合のほどをお知らせいただければ幸いです。よろしくお願い致します。

................................記................................
日時：20××年×月×日　午後○時～○時
場所：×××ホテル
　　（電話：02-○○○○-○○○○）

214

以上
（いじょう）

（署名）

5-10 邀請參加新公司的成立酒會

主旨：新公司成立酒會的通知

××××股份有限公司
董事長　××××先生

我是○○股份有限公司業務部的山田一郎。
貴公司業務日益興隆，謹致賀忱。

長久以來我們就一直企劃思索成立新公司，以擴大○○電子零件的亞洲市場佔有率。
終於在 20 ××年×月×日成立了○○電子有限公司，這完全是因為各位的支援才有的結果，衷心感謝各位。

我們將舉行小型成立酒會，詳細內容如下。

敬請撥冗蒞臨，惠賜指教。

另外，麻煩您於×月×日之前回覆告知是否出席參加。

⋯⋯⋯⋯⋯⋯⋯⋯⋯記⋯⋯⋯⋯⋯⋯⋯⋯⋯
時間：20 ××年×月×日　下午○點～○點
地點：×××飯店
　　（電話：02-○○○-○○○○）

以上

（署名）

---

❶ べく：「為了；想要」的意思。
❷ 運び（はこ）：「進展情況；程序」的意思。
❸ ひとえに：「完全是」的意思。
❹ 賜物（たまもの）：「恩賜；結果」的意思。

件名：××支社開設披露のご案内

××××株式会社
海外開発部　部長　××××様

○○株式会社、営業部の山田一郎でございます。
貴社ますますご清栄のことと、お慶び申し上げます。

弊社では○○地域進出を目指して、かねてより計画してまいりました××支社を開設について、×月×日より営業を開始する運びとなりました。

これを機に、○○地区のお得意様へのご便宜が図れる❶よう、社員一同、より一層の努力をいたす所存でございます。
今後とも倍旧のご愛顧を賜りますよう、お願い申し上げます。

つきましては、下記の通りささやかではございますが、小宴を執り行うこととなりましたので、ご案内させていただきます。

ご多用中まことに恐縮ではございますが、ご出席くださいますようお願い申し上げます。

なお、お手数ではございますが、×月×日までにご都合のほどをご連絡いただければ幸いです。よろしくお願い致します。

....................................記..
日時：20××年×月×日　午後○時〜○時
場所：×××

216

以上
（署名）

5-11 邀請參加分公司成立酒會

主旨：×× 分公司成立酒會之通知

×××× 股份有限公司
海外開發部　×××× 經理

我是○○股份有限公司業務部的山田一郎。
貴公司業務日益興隆，謹致賀忱。

敝公司籌畫 ×× 分公司已久，企圖進軍○○地區，這次（終於）成立了，並於×月×日開始營運。

趁此機會，希望讓○○地區的客戶（運作）方便，我們全體員工會更為努力的。希望貴公司之後更加支持與愛顧。

如下列內容，敝公司將舉行小型成立酒會。

敬請撥冗蒞臨，惠賜指教。

煩請於×月×日之前，回覆告知是否出席參加。

..........................記..........................
　時間：20 ×× 年×月×日　下午○點～○點
　地點：×××

以上

（署名）

---

❶ ご便宜を図る：「謀求方便」的意思。

〜ため

「〜ため、」與「〜から」、「〜ので」一樣是表示理由的接續助詞。以「<u>普通形＋ため〜</u>」方式接續。（※ <u>な形容詞－な／名詞＋の＋ため</u>）。「〜から」是比較口語的說法，在商用 Email 中，比較少使用。「〜ので」與「〜ため」比較經常使用。

例 <u><ruby>台風<rt>たいふう</rt></ruby>ですから、</u> <u><ruby>中止<rt>ちゅうし</rt></ruby>とさせていただきます。</u>

⊃ 台風のため、中止とさせていただきます。

---

❶ <u><ruby>弊社経理<rt>へいしゃけいり</rt></ruby>システム<ruby>改変<rt>かいへん</rt></ruby>ですから、</u>お<ruby>支払日<rt>しはらいび</rt></ruby>を<ruby>変更<rt>へんこう</rt></ruby>させていただきます。

⊃

---

❷ <u><ruby>会場<rt>かいじょう</rt></ruby>の<ruby>収容人数<rt>しゅうようにんずう</rt></ruby>に<ruby>限<rt>かぎ</rt></ruby>りがありますから、</u><ruby>先着<rt>せんちゃく</rt></ruby> 100 <ruby>名様<rt>めいさま</rt></ruby>にて<ruby>締<rt>し</rt></ruby>め<ruby>切<rt>き</rt></ruby>らせていただきます。

⊃

---

❸ 型式変更の指示がありましたから、納期が遅延した次第です。

⮕ _____

❹ 納品が間に合いませんから、今回のご注文はお引き受けできそうにございません。

⮕ _____

練習 2

　試著用「〜ため」完成句子。

❶ _____ため、下記期間を臨時休業とさせていただきます。

⮕ _____

❷ _____ため、今回の参加は見送らせていただきます。

⮕ _____

❸ _____ため、価格の値上げに踏み切った次第です。

⮕ _____

件名：××の新製品発表会のご案内

××××株式会社
海外開発部　××××様

○○株式会社、営業部の山田一郎でございます。
時下ますますご隆盛のほど、お慶び申し上げます。

さて、このたび弊社では××の新製品を発売することになりました。
多機能をコンパクトにまとめた当製品は、時代のニーズに応え得るものと確信いたしております。

つきましては、下記の通り弊社○○工場にて、説明会を開催いたすことになりました。ご繁忙のところ、まことに恐縮でございますが、ご来駕くださいますようお願い申し上げます。

なお、お手数ではございますが、×月×日までにご都合のほどをご連絡いただきますよう、お願いいたします。

・・・・・・・・・・・・・・記・・・・・・・・・・・・・・
日時：20××年×月×日　午後○時
場所：○○電子有限会社○○工場

以上

（署名）

5-12　邀請參加新產品發表會

主旨：×× 新商品發表會邀請函

×××× 股份有限公司
海外開發部　×××× 經理

我是〇〇股份有限公司業務部的山田一郎。
貴公司生意日益興隆，謹致賀忱。

敝公司 ×× 新商品即將推出上市，該產品緊密結合多種功能，可以確定是迎合時代需要的產品。

謹訂於敝公司〇〇工廠舉辦新商品說明會，百忙當中懇請撥冗蒞臨指導。

煩請於 × 月 × 日之前，回覆是否出席參加。

謹此敬邀參加新產品發表會。

　　………………記…………………
　　日期：20×× 年 × 月 × 日　下午〇點
　　場所：〇〇電子有限公司〇〇工廠

以上

（署名）

件名：忘年会のご案内

××××株式会社
海外開発部　部長××××様

○○株式会社、営業部の山田一郎でございます。
ますますご発展のこととお慶び申し上げます。

さて、今年も残すところあとわずかとなってまいりました。

つきましては、皆様の日頃のご厚誼に感謝し、ささやかではございますが、下記のとおり忘年会を催したく存じ、ご案内申し上げます。年の瀬のご多用のところ恐縮に存じますが、なにとぞご出席ください。

なお、お手数ではございますが、×月×日までにご都合のほどをご連絡いただきますよう、お願いいたします。
また、ご同伴いただく方のお名前もお知らせ願えれば幸いでございます。

............................記............................
日時：20××年×月×日　午後○時～○時
場所：×××

以上

（署名）

5-13　邀請參加尾牙

主旨：敬邀出席參加尾牙

××××股份有限公司
海外開發部　××××經理

我是○○股份有限公司業務部的山田一郎。
謹祝貴公司業務日益發展。

今年即將結束，為感謝各位平日的愛顧與協助，敬邀出席參加（一年一度的）尾牙。時間及地點如下。年關之際想必業務特別繁忙，敬請無論如何撥冗大駕光臨指教。

煩請於×月×日之前，回覆是否出席參加。如果攜伴參加，敬請告知來賓大名為盼。

⋯⋯⋯⋯⋯⋯⋯⋯⋯⋯記⋯⋯⋯⋯⋯⋯⋯⋯⋯
時間：20×× 年 × 月 × 日　下午○點～○點
地點：×××

以上
（署名）

件名：懇親会のご案内

××××株式会社
海外開発部　部長××××様

○○株式会社、営業部の山田一郎でございます。
平素は格別のお引き立てを賜り、まことにありがとうございます。

さて、弊社では、日頃のご高配に感謝し、お互いのご交誼をさらに深めたく、親しいお取引先様との懇親会の開催を12月に予定しております。

年末に向けてご多忙とは存じますが、貴社の皆様お誘いあわせのうえ、にぎにぎしく■ご来駕賜りたく、ご案内申し上げる次第です。

つきましては、ご都合のよい日時、ご参加いただける貴社の方々のお名前を×月×日までにご連絡いただければ幸いです。

まずは、取り急ぎご案内申し上げます。

（署名）

5-14 敬邀餐會

主旨：敬邀出席餐會

××××股份有限公司
海外開發部　××××經理

我是○○股份有限公司業務部的山田一郎。
感謝平日特別的關照與愛顧。

為感謝平日的關照，以及促進加深雙方情誼，預計將在十二月份舉辦餐會。

在年末百忙當中，敬請各位應邀一同大駕光臨。

另外，煩請貴公司在×月×日之前，告知您方便的時間與出席參加人員名單。

特此邀請參加。

（署名）

❶ にぎにぎしく：「熱熱鬧鬧」的意思。

問題 1

依據下列的提示，試著撰寫一篇商用 Email 文書。

相手先 博愛堂株式会社　中村義一様
内　容 6 月 10 日～ 6 月 13 日まで台北○○貿易センターで開催される展示会「第 30 回△△物産展」へ出展するよう勧誘する。
自　分 ○○有限公司業務部　自分の名前

件名 ⊃

本文 ⊃

Part 6

商業往來的對象受傷、生病，或是遭遇自然災害、發生事故時，記得送上誠摯的慰問。藉由下列的表現，可以傳達溫暖的心意。

- ○○様がご不在で寂しく感じます。

- ご回復をお祈りしています。

- 寒い日が続きますが、お大事になさってください。

- 無理をなさらず、どうかご自愛ください。

- この機会にご静養くださいますよう、お願い申し上げます。

- 私どもで何かお役にたてることがございましたら、どうぞ遠慮なくお申し付けください。

- ご返信はどうかお気遣いなさらないでください。

件名：年頭のご挨拶
ねんとう あいさつ

××××株式会社
海外開発部　部長××××様❶

新春のお慶びを謹んで申し上げます。
しんしゅん よろこ つつし もう あ
○○株式会社、営業部の山田一郎でございます。
かぶしきがいしゃ えいぎょうぶ やまだいちろう

旧年中はひとかたならぬご懇情を賜り、まことにありがとうご
きゅうねんちゅう こんじょう たまわ
ざいました。

弊社も無事に新年を迎えることができ、社員一同更なるサービスを
へいしゃ ぶじ しんねん むか しゃいんいちどうさら
ご提供させていただく所存でございます。
ていきょう しょぞん

本年も倍旧のご愛顧を賜りますよう、またご指導のほど併せてお
ほんねん ばいきゅう あいこ たまわ しどう あわ
願い申し上げます。
ねが もう あ

貴社の今後一層のご活躍ご発展をお祈りし、新春のご挨拶とさせて
きしゃ こんごいっそう かつやく はってん いの しんしゅん あいさつ
いただきます。

（署名）

主旨：恭禧新年

××××股份有限公司
海外開發部　××××經理

恭喜新年！萬事如意！
我是○○股份有限公司業務部的山田一郎。

感謝過去一年中惠予特別的厚愛與協助，謹致上萬分的謝意。

敝公司也平安地迎接新的一年。新的一年敝公司全體員工會同心協力，提供
更優質的服務。

敬請繼續惠予愛顧及支持，敬請多多指教。

新的一年敬祝貴公司鴻圖大展，事業昌隆！

（署名）

---

❶ 如果對象是全部門的人，可用「御一同様」。

件名：新会社設立のご挨拶

××××株式会社
海外開発部　××××様

○○株式会社、営業部の山田一郎でございます。
貴社ますますご繁栄のこととお慶び申し上げます。

さて、私どもはこのほど主に○○の電子部品販売を業務の中心といたします「○○電子有限会社」を3月に設立し、20××年4月1日より営業を開始することとなりました。

皆様にご満足いただける商品とサービスを常にご提供させていただくべく、社員一同懸命に努力をしてまいる所存でございます。
誕生したばかりの会社ですので、皆様のお世話になることが多々あることと存じますが、よろしくご指導ご支援を賜りますよう、お願い申し上げます。

略儀ではございますが、メールにて会社設立のご挨拶とさせていただきます。

（署名）

新公司設立的通知

主旨：新公司設立的通知

××××股份有限公司
海外開發部　××××經理

我是○○股份有限公司業務部的山田一郎。
謹祝貴公司業務日益興隆。

敝公司將於 3 月成立以販賣○○電子零件為主的「○○電子有限公司」，並
於 20 ××年 4 月 1 日開始營業。

敝公司全體員工將會竭盡心力，努力提供滿足客戶的商品以及最佳的服務。
由於公司成立時間不久，望請各位多惠予照顧。敬請貴公司惠予指教與支
援。

特此簡單以 Email 致意。

（署名）

～存(ぞん)じます。

「存じます」是「思います」的謙讓語。以「普通形／動詞ます形＋たく＋と存じます。」表現。「～いただきたく存じます」、「～願いたく存じます」的用法，則比「～ください」表達出更客氣、更強烈的要求語氣。

練習 1

請改為正確表現。

例 ご多忙中(た ぼうちゅう)とは思(おも)いますが、ご連絡(れんらく)よろしくお願(ねが)いいたします。
⇨ ご多忙中(た ぼうちゅう)とは存(ぞん)じますが、ご連絡(れんらく)よろしくお願(ねが)いいたします。

❶ 再度(さいど)お見積(みつも)りをお願(ねが)いできればと思(おも)います。
⇨

❷ ご予定(よてい)もおありかと思(おも)いますが、ぜひお越(こ)しください。
⇨

❸ 今週中(こんしゅうちゅう)にお届(とど)けできるかと思(おも)います。
⇨

練習
2　請改為「～たく存じます。」表情。

例　お越しいただきたいと思います。
⮑　お越しいただきたく存じます。
_____

❶　お見積りをいただきたいと思います。
⮑
_____

❷　お取引条件について、お聞かせ願いたいと思います。
⮑
_____

❸　皆様からのご意見ご要望を 承 りたいと思います。
⮑
_____

件名：新会社設立のお祝い状

××××株式会社
代表取締役社長　××××様

○○株式会社、営業部の山田一郎でございます。
貴社ますますご清栄のことと、お慶び申し上げます。

さて、このたび××××株式会社を設立されました由❶、心よりお祝い申し上げます。

ご創業につきましては、多大なご準備と万全のご計画のもとに行われたとのこと承っております。

××様の温厚なお人柄と優れたご采配のもとに、新会社は必ずや飛躍的なご発展をとげられることと存じます。

微力ではございますが、私どもでお力添えできることがあれば、遠慮なくお申し付けくださいませ。

なお、心ばかりではございますが、お祝いの品を別便にてお送りいたします。ご笑納いただければ幸いです。

まずはメールにて、ご祝辞申し上げます。

（署名）

6-3 成立新公司的賀函

主旨：祝賀成立新公司

××××股份有限公司
××××董事長

我是○○股份有限公司業務部的山田一郎。
謹祝貴公司業務日益興隆。

欣聞新成立××××股份有限公司，由衷表示祝賀之意。
根據了解，貴公司此次創業是經過嚴密的準備，以及萬全的計劃。

在××先生您的溫厚人品及優秀領導之下，新公司一定會鴻圖大展。如有任何需要，請不要客氣隨時告知聯絡。

另外，一點微薄的心意，將另寄送賀禮，敬請笑納。

謹此表達祝賀之意。

（署名）

---

❶「由」是「因由、傳聞」的意思。「段」則是「……事」的意思。

件名：創立記念日のお祝い

××××株式会社
代表取締役社長　××××様

平素はひとかたならぬお引き立てを賜り、厚くお礼申し上げます。
○○株式会社、営業部の山田一郎でございます。

このたびの貴社創立30周年にあたり、心よりお祝い申し上げます。

貴社におかれましては、ご創業以来30年、電子産業界にて数々のご実績を重ねられ、今日のご繁栄を成し遂げられたと承っております。
ひとえに、貴社の皆様がたのご精励の賜物[1]と存じ、敬服いたすばかりでございます。

これからも貴社のますますのご発展と、皆様のご多幸をお祈り申し上げます。

創立記念パーティーには喜んで参上させていただき、ご祝詞申し上げたいと存じます。[2]

略儀ではございますが、メールにてお祝いいたします。

（署名）

236

6-4 　創業紀念日的賀函

主旨：創業紀念日的賀函

××××股份有限公司
××××董事長

感謝一直以來的關照。
我是○○股份有限公司業務部的山田一郎。

欣逢貴公司創立 30 週年，可喜可賀。

貴公司自創業以來，在電子產業界裡業績傲人，成果亮麗，成就了今天的繁
榮。
更叫人對貴社全體員工的刻苦勤奮，感佩萬分。

祝福貴公司業務今後持續蒸蒸日上，全員身體康泰，萬事如意！

創立紀念酒會我將欣然前往，並致上賀辭。

特此表達祝賀之意。

（署名）

---

❶ 賜物：「賜物」同「賜」。

❷ 一般來說，受到邀請參加創立紀念宴會，才會寫這封祝賀信，所以在信的結尾
　可以這樣寫。

件名：台風のお見舞い

××××株式会社
海外開発部　部長××××様

いつも大変お世話になっております。
○○株式会社、営業部の山田一郎でございます。

先ほどのニュースによると、××地方に台風○号が上陸し、広範囲にわたって大きな被害が出たとのこと、××様はじめ社員の皆様方への被害及び業務の影響はいかがでしょうか。

衷心よりお見舞い申し上げ、ご案じ申し上げております。遠方のこととて、すぐにお伺いできず、まことにもどかしゅうございます❶。私どもでお力添え❷できることがあれば、遠慮なくお申し付けください。

社員の皆様もさぞお疲れとは存じますが、どうかご自愛くださいますように。

取り急ぎメールにて、お見舞いを申し上げます。

（署名）

主旨：颱風慰問函

××××股份有限公司
海外開發部　××××經理

感謝一直以來的關照。
我是○○股份有限公司業務部的山田一郎。

方才由電視報導得知××地方，由於○號颱風登陸，很多地區傳出嚴重災情。
不知對××經理以及全體員工是否造成損失，是否對業務造成影響？

我們衷心表示慰問之意，但因（雙方）距離遙遠，無法立即表達慰問，真是令人焦心。
如果有任何需要配合協助的地方，請不要客氣，儘管告知。

想必全體員工都相當疲憊，請多多保重。

特此慰問。

（署名）

---

❶ もどかしゅうございます：「もどかしい」＋「ございます」＝もどかしゅうございます。「もどかしい」是「令人焦急」的意思。
❷ 力添え：「援助；支援」的意思。

件名：地震のお見舞い

××××株式会社
海外開発部　部長××××様

いつも大変お世話になっております。
○○株式会社、営業部の山田一郎でございます。

報道によれば、日本では昨夜××地方を中心に震度7の地震が発生したとのこと、震源地から御地も近く、被害が大きいようですが、御社はいかがでしょうか。私ども一同案じております。

ご無事をひたすら❶祈っておりますが、もし大きな被害がございましたら、弊社でできるかぎりのことは、ご支援をさせていただきたいと思っております。

まずは取り急ぎお見舞い申し上げます。

（署名）

6-6 地震慰問函

主旨：地震慰問函

××××股份有限公司
××××經理

感謝一直以來的關照。
我是○○股份有限公司業務部的山田一郎。

從電視上得知，日本昨天晚上傳出震央為××地方的芮氏7級地震。
根據報導震央中心離貴寶地不遠，又因災情不小，所以擔心貴公司狀況如何。

希望貴公司一切平安，若有重大災害，敝公司一定竭盡所能提供最大的協助。

特此問候。

（署名）

---

❶ ひたすら：「一心；一味；一個勁」的意思。

件名：結婚のお祝い

×××株式会社
海外開発部　×××様

いつも大変お世話になっております。
○○株式会社、営業部の山田一郎でございます。

このたびはご令息、○○様のご結婚、まことにおめでとうございます。心からお祝い申し上げます。

ご本人様はもとより、ご両親様のお喜びはいかばかり❶かと拝察いたします。
ご令息様ご一家のご多幸とご繁栄を心よりお祈り申し上げます。

また、ご披露宴に私どもまでお招きいただき、まことに光栄に存じております。
当日は必ず参上いたし、ご祝詞を申し上げさせていただく所存でございます。

まずはメールにて、ご令息様のご結婚をお祝い申し上げます。

（署名）

6-7 結婚致喜賀函

主旨：結婚致喜

××××股份有限公司
海外開發部　××××經理

感謝一直以來的關照。
我是〇〇股份有限公司業務部的山田一郎。

這回貴公子結婚大喜，真是可喜可賀！在此謹致上由衷的祝賀。

貴公子本人及雙親想必是非常高興吧！祝福貴公子一家美滿幸福。

另外，承蒙邀請參加結婚宴會，深感榮幸。當天一定會赴宴，致上祝福之意。

特此向貴公子的婚事，致上最大的祝福。

（署名）

---

❶ いかばかり：「多麼；如何」的意思。

件名：就任祝いのお礼

××××株式会社
海外開発部　部長××××様

貴社ますますご清栄のことと、お慶び申し上げます。
○○株式会社、山田一郎でございます。

さて、このたび私こと、代表取締役社長 就任に際しましては、さっそくご丁重な御祝詞、結構なお祝い品を賜り、まことにありがたく、厚くお礼申し上げます。

まだまだ経験不足で何かと至らぬことも多々あろうかとは存じますが、弊社の理念「○○・○○・○○」のもと、最善の努力を尽くして社業に精励いたす覚悟でございます。

今後とも倍旧のご指導ご鞭撻を賜りますよう、お願いいたします。

略儀ではございますが、メール❶にてお礼かたがたご挨拶申し上げます。

（署名）

6-8 董事長就職祝賀的回禮

主旨：就職祝賀的回禮

××××股份有限公司
海外開發部　××××經理

謹祝貴公司業務日益興隆。
我是○○股份有限公司的山田一郎。

此次個人就任董事長之際，承蒙您的賀辭和精美的禮物，再次致上十二萬分的感謝之意。

個人經驗淺顯，尚有很多不足要改進的地方，但是一定會本著敝公司「○○○○ ○○」的理念，竭盡所能為公司盡力。

今後仍懇請繼續惠予愛顧與支持。

特此表達最深的謝意。

（署名）

---

❶ 如果是紙本文書，可以改為「書中」。

件名：昇格のお祝い

×××株式会社
海外開発部　部長××××様❶

○○株式会社、営業部の山田一郎でございます。
日頃よりお世話になっております。

さて、このたび海外開発部長にご昇進なされましたとのこと、ま
ことにおめでとうございます。

海外開発部××課長ご在任中は、一方ならぬご高配を賜り、心
よりお礼申し上げます。

このうえは××部長の更なるご活躍をお祈りするとともに、今後も
一層のご指導ご鞭撻をくださいますよう、お願いいたします。

まずは略儀ながら、メールにてお祝い申し上げます。

（署名）

6-9 恭賀榮升的賀函

主旨：恭賀榮升

××××股份有限公司
海外開發部　××××經理

感謝一直以來的關照。
我是○○股份有限公司業務部的山田一郎。

您榮升海外開發部經理，真是可喜可賀。

您在擔任海外開發部××課長期間，各方面給予我們許多特別的照顧與協助，真是感激不盡。

此次榮升為××經理更為活躍之際，更請多多關照與指導。

特此表達祝賀之意。

（署名）

---

❶ 如果對象是全部門的人，可用「御一同様<ruby>ご いちどうさま</ruby>」。

247

件名：××××受賞のお祝い

××××株式会社
海外開発部　部長　高橋博史様

日頃よりお世話になっております。
○○株式会社、営業部の山田一郎でございます。

さて、このたび、第25回「××××賞」にて金賞を受賞なさいましたこと、心から祝福申し上げます。

今回のご受賞を機に、業界のさらなる発展のために引き続きお力添えくださいますよう、心から期待するところでございます。
お祝いのしるしとして心ばかりの品をお送りいたします。お納めくだされば幸甚です。

今後はますますご多忙になることと存じますが、くれぐれもご自愛のうえ、ご活躍をなされますよう、心よりお祈り申し上げます。

なお、近々台湾へいらっしゃるご予定などがございましたら、ぜひ私どもにご連絡ください。その機会に、弊社へのご意見、ご要望などを、ぜひ承りたく存じます。

取り急ぎ、略儀ながらメールにてお祝い申し上げます。

（署名）

6-10 恭賀得獎

主旨：恭賀 ×××× 得獎

××××股份有限公司
海外開發部　高橋博史經理

感謝一直以來的關照。
我是〇〇股份有限公司業務部的山田一郎。

這次貴公司得到第25屆「××××獎」的首獎，謹致上由衷的祝福。

藉著這次得獎，期待貴公司能對業界長足的發展，繼續給予支緩。謹送上一點心意的禮品，希望您不嫌棄收下。

相信今後貴公司一定會更為繁忙，請保重，祈祝今後更為活躍。

另外，最近有沒有打算要到台灣呢？如果有的話，請務必通知我們。藉此（見面的）機會，希望可以聽聽您對本公司的意見以及需求。

謹此祝賀！

（署名）

件名：研修のお礼

××××株式会社
海外開発部　××××様

日頃よりお世話になっております。
○○株式会社、営業部の山田一郎でございます。

このたびは弊社の長期東京出張者の○○が、一方ならぬお力添えを賜り、厚くお礼を申し上げます。

慣れぬ土地、言語の問題などで、貴社社員の皆様には何かとご迷惑をおかけしたことかと存じます。
そのたびに、皆様より懇切丁寧なご指導をいただきましたことに、○○はもとより私ども一同、心より感謝しております。

末筆ながら、お世話になりました皆様方に、くれぐれもよろしくお伝えくださいますよう、お願い申し上げます。

（署名）

6-11 感謝幫忙與照顧的感謝函

主旨：培訓的致謝感謝函

××××股份有限公司
海外開發部　××××經理

感謝一直以來的關照。
我是○○股份有限公司業務部的山田一郎。

日前敝公司長駐東京的○○，受到您鼎力的協助與照顧，對此由衷表達感謝之意。

因為身處不熟悉的環境，以及語言問題等等，想必給貴公司的同仁帶來很大的困擾。
承蒙大家給予親切的指導，○○與我們全體都深為感謝。

請順便代為向熱心照顧我們的各位，表示致謝之意。

特此表達感謝。

（署名）

件名：支店開設お祝いのお礼

××××株式会社
海外開発部　部長××××様

○○株式会社、営業部の山田一郎でございます。
日頃よりお世話になっております。

このたび弊社××支店開設にあたり、さっそくご丁寧なご祝詞、結構なお祝い品をいただき、厚くお礼申し上げます。
××支店が無事開設できましたのも、皆様のご指導ご鞭撻の賜物と、衷心より感謝いたしております。

不慣れな土地での業務ですので、まだまだご迷惑をおかけすることも多々あろうかと存じますが、
社員一同お客様へのサービスに誠心誠意努めてまいる所存でございます。

今後とも末長いお引き立てを賜りますよう、お願い申し上げます。

略儀ではございますが、メールにてお礼かたがたお願いいたします。

（署名）

6-12 獲得成立分公司祝賀的感謝函

主旨：成立分公司祝賀的感謝函

××××股份有限公司
海外開發部　××××經理

我是○○股份有限公司業務部的山田一郎。
感謝一直以來的關照。

這次 ×× 分公司成立時，喜獲賀辭和精美的禮物，在此表示由衷的感謝。承蒙大家的支持與愛顧，×× 分店開幕圓滿成功，再次致上最大的謝意。

在不熟悉的地域推廣業務，難免很多地方要給您添麻煩。敝公司全體員工將誠心誠意地努力提供客戶更好的服務。

懇請繼續惠予最大的愛顧與協助。

特此表達感謝之意。

（署名）

件名：お電話ありがとうございます

××××株式会社
海外開発部　××××様

○○株式会社、営業部の山田一郎でございます。
日頃よりお世話になっております。

先日はわざわざお電話いただき、まことにありがとうございました。弊社にとりましても大変貴重なご意見を賜りましたことを、深くお礼申し上げます。

今後もお取引が円滑に運びますよう、また貴社とのご交誼がより深まりますことを、切に❶希望しております。

これからも末長くお力添えいただけますよう、よろしくお願いいたします。

取り急ぎ、メールにてお礼申し上げます。

（署名）

感謝來電

主旨：感謝您的來電

××××股份有限公司
海外開發部　××××先生

我是○○股份有限公司業務部的山田一郎。
感謝一直以來的關照。

前幾天您特地來電，對此深表感謝。敝公司獲得非常多寶貴的意見，再次致
上萬分的謝意。

今後希望貴我雙方業務能夠更順利地進行，彼此之間的情誼更為加深。

敬請長久惠予指教合作。

謹此致謝。

（署名）

---

❶ 切に：「懇切；誠懇」的意思。

件名：お悔やみ申し上げます

××××株式会社
海外開発部　部長××××様

日頃よりお世話になっております。
○○株式会社、営業部の山田一郎でございます。

御社社長××××様が、昨日ご他界されたとのこと承りまして、ここに謹んで哀悼の意を表するとともに、ご冥福をお祈り申し上げます。

先日お会いした際には再度のご会食にまでお誘いいただいておりましたので、突然のご訃報に接し、私ども一同ただただ[1]驚いております。

故人の超人たる指導力、統率力には、私どもも常に尊敬の念を抱いておりました。
またご存命中、社長様には一方ならぬ[2]ご厚誼を賜り、ご指導いただきましたにもかかわらず、私どもはご期待に報いることもできず、まことに心残りに存じております。

ご遺族はもとより、社員の皆様のご傷心をお察し申し上げます。
このうえは、故人のご遺志を継がれ、社業の更なる発展のためにお励みくださいますよう、心よりお祈り申し上げます。

　まことにささやかながら、ご香料を送付いたしましたので、ご霊前にお供えください。

あらためてご弔問（ちょうもん）にうかがう次第（しだい）でございますが、まずはメールにてお悔（く）やみ申（もう）し上（あ）げます。

（署名）

6-14 協力廠商董事長逝世致哀

主旨：謹致悼念

×××× 股份有限公司
海外開發部　×××× 經理

感謝平日關照。
我是〇〇股份有限公司業務部的山田一郎。

昨日接獲貴公司董事長 ×××× 先生仙逝的噩耗，謹致萬分的哀悼之意。

不久前還獲邀聚餐，不料卻突然接到噩耗，我們均深表震驚。

故董事長卓越的領導及統率能力，一直是我們大家尊敬的對象。他生前對我們都格外關照與指導，我們無以為報，真是萬分遺憾。

想必家屬及全體員工均非常傷心。希望大家能夠繼承故董事長的遺志，更加努力以期蓬勃發展。

另外略表一點微薄心意，謹奉上奠儀，敬請收下。

特此再次表達哀悼及慰問之意。

（署名）

---

❶ ただただ：「只有；只有……才（能）」的意思。
❷ 一方（ひとかた）ならぬ：「格外」的意思。

〜ず

以「動詞ない形＋ず」（「する」為「せず」）表示否定，是比較拘謹的用法。商用 Email 中常看到的表現有「〜ず、申し訳ありません」、「〜ず、残念です」等等。

例 お<ruby>役<rt>やく</rt></ruby>に<ruby>立<rt>た</rt></ruby>てなくて、<ruby>申<rt>もう</rt></ruby>し<ruby>訳<rt>わけ</rt></ruby>ありません。

➲ お<ruby>役<rt></rt></ruby>に<ruby>立<rt></rt></ruby>てず、＿＿＿＿＿＿＿＿＿＿＿＿＿＿

❶ お<ruby>時間<rt>じ かん</rt></ruby>が<ruby>合<rt>あ</rt></ruby>わなくて、<ruby>申<rt>もう</rt></ruby>し<ruby>訳<rt>わけ</rt></ruby>ありません。

➲ ＿＿＿＿＿＿＿＿＿＿＿＿＿＿＿＿＿＿＿

❷ ご<ruby>協力<rt>きょうりょく</rt></ruby>できなくて、<ruby>申<rt></rt></ruby>し<ruby>訳<rt></rt></ruby>ございません。

➲ ＿＿＿＿＿＿＿＿＿＿＿＿＿＿＿＿＿＿＿

❸ ご<ruby>希望<rt>き ぼう</rt></ruby>に<ruby>添<rt>そ</rt></ruby>えなくて、<ruby>申<rt></rt></ruby>し<ruby>訳<rt></rt></ruby>ありません。

➲ ＿＿＿＿＿＿＿＿＿＿＿＿＿＿＿＿＿＿＿

❹ せっかくのご<ruby>注文<rt>ちゅうもん</rt></ruby>にお<ruby>応<rt>こた</rt></ruby>えできなくて、<ruby>申<rt></rt></ruby>し<ruby>訳<rt></rt></ruby>ございません。

➲ ＿＿＿＿＿＿＿＿＿＿＿＿＿＿＿＿＿＿＿

❺ <ruby>考<rt>かんが</rt></ruby>えが<ruby>及<rt>およ</rt></ruby>ばなくて、<ruby>恥<rt>は</rt></ruby>ずかしい<ruby>限<rt>かぎ</rt></ruby>りです。

➲ ＿＿＿＿＿＿＿＿＿＿＿＿＿＿＿＿＿＿＿

問題
1
依據下列的提示，試著撰寫一篇商用 Email 文書。

相手先 株式会社フジマル　大野和也様
内　容 取引先（㈱フジマル大野様）から結婚のお祝い（プレゼント）をいただいた。そのお礼のメールを書く。
自　分 ○○有限公司業務部　自分の名前

件名 ➲

本文 ➲

Part 7

變更通知

通知對方公司異動時，Email 的結尾可以用下列致歉的句子，再度向對方道歉。

- たびたび恐れ入りますが、関係する皆様によろしくお伝えください。
- お手数をおかけいたしますこと、どうかご容赦ください。
- まことに勝手を申し上げますが、どうぞよろしくお願いいたします。
- 多大なるご迷惑をおかけいたしますこと、深くお詫び申し上げます。
- ご了承のほど、なにとぞよろしくお願い申し上げます。

件名：本社移転（ほんしゃいてん）のお知らせ

××××株式会社
海外開発部　部長××××様

いつも大変（たいへん）お世話（せわ）になっております。
○○株式会社（かぶしきがいしゃ）、営業部（えいぎょうぶ）の山田一郎（やまだいちろう）でございます。

このたび弊社（へいしゃ）では、更（さら）なる事業領域（じぎょうりょういき）の拡大（かくだい）と、業務（ぎょうむ）の効率化（こうりつか）を図（はか）るため、下記（かき）の場所（ばしょ）に移転（いてん）の運（はこ）びとなりました。

これを機（き）に、社員一同（しゃいんいちどう）気持（きも）ちを新（あら）たに一層皆様（いっそうみなさま）のご期待（きたい）に添（そ）えますよう精励（せいれい）いたす所存（しょぞん）でございますので、今後（こんご）とも、ご指導（しどう）ご鞭撻（べんたつ）を賜（たまわ）りますよう、お願（ねが）い申（もう）し上（あ）げます。

大変（たいへん）お手数（てすう）ですが、お手元（てもと）の住所録（じゅうしょろく）・連絡先（れんらくさき）などを変更（へんこう）していただけると幸（さいわ）いです。

．．．．．．．．．．．．．．．．．．．．．．記（き）．．．．．．．．．．．．．．．．．．．．．．

【移転先（いてんさき）】

住所：〒 108-0075　　東京都港区港南 1 -2-23

電話：03-4332-5555

ファクス :03-4332-8888

（※メールアドレスの変更はありません）

営業開始日 : 2012 年 11 月 28 日（水）より

以上（いじょう）

（署名）

7-1 總公司遷移通知

主旨：總公司遷移通知

××××股份有限公司
海外開發部　××××經理

謝謝平日關照。
我是○○股份有限公司業務部的山田一郎。

本公司因事業領域擴大，為了加強業務效率，公司將遷移到下列場所。

藉此機會，希望公司全體氣象一新，並日益精勵。今後也請多鞭策指教。

敬請更新通訊錄及連絡地址。

·······················記·······················

【遷移地點】

住址：〒 108-0075　東京都港 港南 1 -2-23

電話：03-4332-5555

傳真： 03-4332-8888

（Email 郵址沒有更改）

開始營業日：2012 年 11 月 28 日（三）開始

以上

（署名）

件名：電話番号変更のお知らせ

×××× 株式会社

海外開発部　×××× 様

○○株式会社、営業部の山田一郎でございます。

日頃よりお世話になっております。

さて、×月×日より当社営業部の電話番号が、下記の通りに変更い

たしますことをお知らせいたします。

お手数をおかけしますが、電話番号のお控え❶をご訂正ください。

今後とも倍旧のお引き立てのほど、よろしくお願い申し上げます。

..................記..................

（旧）02 － 23 ×× － ××××

　　　　　　　↓変更

（新）02 － 24 ×× － ××××

以上

（署名）

7-2 電話號碼變更通知

主旨：電話號碼變更通知

××××股份有限公司
海外開發部　××××經理

我是○○股份有限公司業務部的山田一郎。
謝謝平日關照。

感謝平日特別的關照與協助，從×月×日開始，敝公司營業部的電話號碼變
更如下，特此通知。
敬請登錄更改。

今後仍請惠予更多的愛顧。

　　　…………………記………………
　　（舊）02 － 23 ××－××××
　　　　　　　　↓ 變更
　　（新）02 － 24 ××－××××
以上

（署名）

---

❶ 控え：「紀錄；登錄」的意思。
　ひか

件名：担当者変更のお知らせ

×××× 株式会社
海外開発部　××××様

○○株式会社、営業部の山田一郎でございます。
日頃よりお世話になっております。

さて、このたび貴社を担当いたしておりました○○○が、都合により×月×日をもちまして退職いたしましたことをお知らせいたします。

今後は○○○が担当させていただくことになりました。何分 **❶** 不慣れ **❷** でご迷惑をおかけするかとも存じますが、なにとぞ倍旧のお引き立てを賜りますようお願い申し上げます。

（署名）

7-3 承辦人更替通知

主旨：承辦人異動通知

××××股份有限公司
海外開發部　××××經理

我是○○股份有限公司業務部的山田一郎。
謝謝平日關照。

最近負責貴公司業務窗口的○○○，因個人因素已於×月×日離職，特此通知。

今後改由○○○擔任與貴公司往來的窗口。（對於貴公司的業務內容）有不熟悉之處，可能造成您的困擾，（敬請多多包涵見諒）。今後仍請賜予惠顧與指教。

（署名）

---

❶ 何分：「多少；若干」的意思。
❷ 不慣れ：「不習慣」的意思。

件名：支払日変更のご通知
しはらいび へんこう つうち

×××株式会社
経理部長　××××様

○○株式会社、営業部の山田一郎でございます。
かぶしきがいしゃ えいぎょうぶ やまだいちろう
平素は格段のお引き立てを賜り、厚くお礼申し上げます。
へいそ かくだん ひ た たまわ あつ れいもう あ

さて、このたび×月付より弊社の支払日を下記の通りに変更させて
がつづけ へいしゃ しはらいび かき とお へんこう
いただきます。

貴社にはご不便をおかけしますが、ご理解とご協力のほど、よろ
きしゃ ふべん りかい きょうりょく
しくお願い申し上げます。
ねが もう

······記······
き
支払日：翌月末締め払い
しはらいび よくげつまつしばら
但し、土・日曜日、祝日は次の営業日
ただ ど にちようび しゅくじつ つぎ えいぎょうび

以上
いじょう

（署名）

7-4 付款日變更通知

主旨：付款日變更通知

××××股份有限公司
財務經理　××××

我是○○股份有限公司業務部的山田一郎。
謝謝平日特別的關照與協助。

從×月開始敝公司的付款日變更如下。

若有造成貴公司不便之處，敬請寬容並配合協助辦理。

　　…………記…………
　　付款日：次月底結算付款
　　遇休六、日及假日則順延至下一個營業日

以上

（署名）

〜のほど

「名詞＋のほど」是委婉的表現。在商務文書中，常見到「ご検討のほど、よろしくお願いいたします。」之類的結語。雖然上文中的「ご検討のほど、よろしくお願いいたします」與「ご検討ください。」、「ご検討お願いします。」意思相同，但是前者的表現感覺起來更為柔和。

問題 1

請改為正確表現。

例 ご検討よろしくお願いいたします。
⮑ ご検討のほど、よろしくお願いいたします。

❶ ご確認よろしくお願い申し上げます。
⮑

❷ ご理解とご協力をよろしくお願いいたします。
⮑

❸ 今後とも変わらずお引き立てよろしくお願いいたします。
⮑

❹ 今後ともご指導ご鞭撻よろしくお願い申し上げます。
⮑

問題
2
　請從 ⓐ ⓑ ⓒ 中選出正確的答案。

❶ （　　　　　）はひとかたならぬご懇情を賜り、誠にありがとうございました。
　ⓐ 旧年中
　ⓑ 新年
　ⓒ 本年限り

❷ 台風による大きな被害が出たとのこと、（　　　　　）お見舞い申し上げます。
　ⓐ 衷心より
　ⓑ 中心から
　ⓒ 忠心こそ

❸ 弊社で（　　　　　）できることがあれば、遠慮なくお申し付けください。
　ⓐ お手当て
　ⓑ ご助言
　ⓒ お力添え

❹ お手数をおかけしますが、メールアドレスの（　　　　　）をご訂正くださいますように、お願いいたします。
　ⓐ ご着歴
　ⓑ お控え
　ⓒ ご送信

❺ 何分不慣れでご迷惑をおかけするか（　　　　　）、なにとぞお願い申し上げます。
　ⓐ どうかわかりませんが
　ⓑ ご期待くださいますよう
　ⓒ とも存じますが

件名：週休2日制実施のお知らせ

××××株式会社
海外開発部　××××様

○○株式会社、営業部の山田一郎でございます。
平素は格段のお引き立てを賜り、まことにありがとうございます。

さて、弊社はこれまで日曜日のみ休業とさせていただいておりましたが、×月×日より土曜日も休業日とさせていただくこととなりました。
月曜日から金曜日までの営業時間は従来通りでございますが、これより土曜日のお取引の受け付けはいたしかねます。ご了承のうえ、ご協力のほど、よろしくお願い申し上げます。

なお、土曜日・日曜日も含め緊急の場合は、従来通り営業部直通電話へご連絡ください。

取り急ぎ、ご連絡まで。

（署名）

7-5 公休日變更通知

主旨：實施週休二日制之通知

××××股份有限公司
海外開發部　××××經理

我是○○股份有限公司業務部的山田一郎。
感謝平日特別的愛顧與協助。

敝公司長期以來只有星期日為公休日，從×月×日開始星期六也改為公休日。
星期一到星期五的營業時間維持不變。從今後開始，星期六不再營業，敬請見諒與配合。

另外，星期六、星期日若有任何緊急情況，和往常一樣請與業務部專線電話聯絡。

謹此連絡。

（署名）

件名：臨時休業のご通知
りんじ きゅうぎょう つうち

×××× 株式会社

海外開発部　×××× 様

○○ 株式会社、営業部の山田一郎でございます。
かぶしきがいしゃ えいぎょうぶ やまだいちろう

日頃よりお世話になっております。
ひごろ せわ

さて、弊社営業部は×月×日から×日まで、店内一部改装のため通
へいしゃえいぎょうぶ がつ にち にち てんないいちぶかいそう つう

常業務を休ませていただきます。
じょうぎょうむ やす

緊急の場合は下記電話番号にて、営業部 ○○ と △△ がお受けいた
きんきゅう ばあい かきでんわばんごう えいぎょうぶ う

します。

貴社にはご迷惑をおかけいたしますが、なにとぞご了承ください
きしゃ めいわく りょうしょう

ますよう、よろしくお願い申し上げます。
ねが もう あ

取り急ぎお知らせまで。
と いそ し

　　　　·················記·················
　　　　　　　　　き
×月×日から×日の緊急の電話番号
きんきゅう でんわばんごう

02-24 △△ - △△△△

以上
いじょう

（署名）

7-6　臨時公司休假通知

主旨：臨時公司休假通知

××××股份有限公司
海外開發部　××××經理

我是○○股份有限公司的山田一郎，謝謝平日關照。

本公司從×月×日到×日為止，因為店內一部分改裝，所以停止正常上班。
若有緊急的事項，請與下列電話聯絡，由營業部的○○和△△對應處理。

造成貴公司的不便與麻煩，敬請理解見諒。

特此通知聯絡。

　　……………………記…………………………
　　×月×日～×日的緊急電話號碼
　　02-24 △△-△△△△

以上

（署名）

問題1
依據下列的提示，試著撰寫一篇商用 Email 文書。

相手先 株式会社フジガヤ　営業二課　武藤幸治様
内 容 旧正月休み（1 月 21 日〜 1 月 29 日）を連絡する。
自 分 ○○有限公司業務部　自分の名前

件名 ⊃

本文 ⊃

問題 2

依據下列的提示，試著撰寫一篇商用 Email 文書。

相手先 中山電気株式会社海外営業部　村上正様

內　容 人事異動のため、4月1日から担当者が自分から同じ課の
許○○に変更することになったことを連絡する。

自　分 ○○有限公司業務部　自分の名前

件名 ⊃

本文 ⊃

277

解 答

まちがいさがし❶　解答例（p.27）

件名：新規お取引のお願い

株式会社ヘイセイ

ご担当者様

突然メールを差し上げるご無礼、お許しください。

○○部品の陳と申します。

弊社は台湾台北に本社を構え、プラスチック部品の製造販売を手がけて 30 年余の歴史を持っております。

このたび日本での販売を検討しておりましたところ、貴社のＨＰを拝見し、ぜひ弊社とお取引願いたく、メールを差し上げた次第です。

お忙しいところまことに恐縮ですが、弊社とのお取引について、ご意向をお知らせいただければ幸いです。

なお、弊社の実績につきましては下記ＨＰをご覧ください。

よろしくお願いします。

陳○○

○○部品有限公司

Email：xxxxxx@xxxxx.com.tw

110xx 台北市 × × 區 × × 路 × 號

TEL：+886-2-xxxx-xxxx

FAX：+886-2-xxxx-xxxx

URL：http://www.xxx.com.tw/

まちがいさがし❷　解答例（p.28）

件名：SS-400-PC　見積のご依頼

高木電子工業株式会社

営業部　野村順一様

いつもお世話になっております。

弊社では、新たな製品の購入を検討しております。

つきましては、下記条件によるお見積もりをお送りいただけますでしょうか。

ご多忙中、お手数をおかけしますが、

取り急ぎお願い申し上げます。

…………記…………

品名：高圧バルブ

型番：SS-400-PC

注文数：100pcs

納期：xxxx 年 x 月 xx 日

支払い方法：T/T

運送方法：貴社ご一任

運賃諸掛：貴社ご負担

支払い方法：着荷後 30 日後払い

以上

王○○

○○有限公司

Email：xxxxxx@xxxxx.com.tw

110xx 台北市 × × 區 × × 路 × 號

TEL：+886-2-xxxx-xxxx

FAX：+886-2-xxxx-xxxx

URL：http://www.xxx.com.tw/

件名：Re:「HMJ-2500-SP　500 本」返品のお願い（ご回答）

藪商事株式会社
物流部　岡本圭一様

いつも大変お世話になっております。

さて、当月 10 日付けのメールでご要請がありました。
「HMJ-2500-SP　500 本」ご返品の件でございますが、この品は特注品のため返品はお受けしかねます。

取り急ぎ、ご返事申し上げます。

林○○
○○有限公司
Email : xxxxxx@xxxxx.com.tw
xxxxx 台中市×× 區×× 路× 號
TEL : +886-x-xxxx-xxxx
FAX : +886-x-xxxx-xxxx
URL : http://www.xxx.com.tw/

件名：WLD7500 のご注文ありがとうございました。

ジャンプ電機株式会社
海外開発部　中島涼介様

いつもご利用いただき心よりお礼申し上げます。

このたびは弊社製品をご注文いただき、
誠にありがとうございます。

9 月 3 日付、貴社ご注文番号 00003652 でご注文いただきました「WLD7500　液晶ディスプレイ」50 台は、ご指定の 10 月 20 日までに納品できるかと存じます。
出荷準備が整い次第、あらためて発送のご連絡をさせていただきます。

何かご不明な点がございましたら、わたくし李まで、お気軽にお問い合わせください。

今後ともご愛顧のほど、よろしくお願い申し上げます。

まずはご注文のお礼まで。

李○○
○○有限公司
Email : xxxxx@xxxxx.com.tw
110xx 台北市×× 區×× 路× 號
TEL : +886-2-xxxx-xxxx
FAX : +886-2-xxxx-xxxx
URL : http://www.xxx.com.tw/

練習 1

① お越し願いたく、ご案内をさしあげた次第です。
② お客様のご理解をお願い申し上げる次第です。
③ 申し訳ありませんが、発売中止に至った次第です。
④ 原油価格の高騰で、弊社の努力だけでは対応しきれなくなった次第です。

練習 2

⑤ 見通しが立ち次第、ご連絡申し上げます。
⑥ 商品が到着次第、送金いたします。
⑦ 内容が確認でき次第、正規にご発注いたします。
⑧ 詳しい日程が決まり次第、ご連絡いたします。

練習 1

① 確認させていただきます。
② 取り扱いさせていただきます。
③ 送付させていただきました。

練習 2

① 確認させていただきたく、よろしくお願い申し上げます。
② 今後お取引させていただきたく、メールを

さしあげた次第です。
③ 欠席させていただきたく、よろしくお願い
　いたします。

覚えよう！❸ (p.54)

練習

① 対応できかねます／対応いたしかねます
② 決めかねます
③ 添いかねます
④ お受けいたしかねます

覚えよう！❹ (p.94)

練習

① 恐縮ながら、
② はなはだ勝手ながら、
③ まずは略儀ながら、
④ わざわざおいでいただきながら、
⑤ 何度もご足労をおかけしながら、

覚えよう！❺ (p.100)

問題 1

① ぜひ、ご来店いただきますようお願い申し
　上げます。
② ぜひ、ご参加賜りますよう、お願い申し上
　げます。
③ お支払い条件をお知らせくださいますよう
　お願い申し上げます。
④ 今月末までに納金いただきますようお願い
　いたします。
問題 2 ① c　② c　③ b　④ c　⑤ a

覚えよう！❻ (p.122)

問題 1

① 弊社製品も値上げせざるを得ません。
② 今回のご注文はお断りせざるを得ません。
③ なんらかの法的措置をとらざるを得ません。
問題 2 ① a　② b　③ b　④ a　⑤ c

覚えよう！❼ (p.146)

問題 1

① 取り組んでまいります。

② 精進してまります。
③ 十分注意してまいります。
問題 2 ① c　② a　③ b　④ a　⑤ b

覚えよう！❽ (p.160)

問題 1

① 当社の信用にも影響する恐れがございます。
② ご希望にお応えできなくなる恐れがござい
　ます。
③ 期日に間に合わなくなる恐れがございます。
問題 2 ① b　② b　③ c　④ c　⑤ b

覚えよう！❾ (p.170)

問題 1

① 努力していく所存でございます。
② 細心の注意を払う所存でございます。
③ 全力を尽くす所存でございます。
④ 万全を期す所存でございます。
問題 2 ① b　② c　③ a　④ b　⑤ a

覚えよう！❿ (p.198)

問題 1

① ご理解のうえ、
② ご署名、ご捺印のうえ、
③ 皆様お誘い合わせのうえ、
問題 2 ① a　② c　③ c　④ b　⑤ b

覚えよう！⓫ (p.218)

練習 1

① 弊社経理システム改変のため、
② 会場の収容人数に限りがあるため、
③ 型式変更の指示があったため、
④ 納品が間に合わないため、

練習 2　範例答

① 棚卸しの／夏季休暇の
② 残念ながら都合が付かない／他の予定が入
　った
③ 原価高騰の／価格割れの恐れが出てきた

覚えよう！⑫（p.232）

練習1

① 再度お見積りをお願いできればと存じます。
② ご予定もおありかと存じますが、ぜひお越しください。
③ 今週中にお届けできるかと存じます。

練習2

① お見積りをいただきたく存じます。
② お取引条件について、お聞かせ願いたく存じます。
③ 皆様からのご意見ご要望を承りたく存じます。

覚えよう！⑬（p.258）

練習

① お時間が合わず、
② ご協力できず、
③ ご希望に添えず、
④ せっかくのご注文にお応えできず、
⑤ 考えが及ばず、

覚えよう！⑭（p.270）

練習1

① ご確認のほど、よろしくお願い申し上げます。
② ご理解とご協力のほど、よろしくお願いいたします。
③ 今後とも変わらずお引き立てのほど、よろしくお願いいたします。
④ 今後ともご指導ご鞭撻のほどよろしくお願い申し上げます。
練習2 ① a　② a　③ c　④ b　⑤ c

敬語に挑戦！❶（p.64）

練習

① 先日はお忙しい中、お時間を割いていただき、まことにありがとうございました。
② ご指導ご指摘いただきました点につきましては、よく検討させていただき、ご要望にお応えできるよう、努力いたしたいと存じます。
③ 近いうちにまた、お伺いいたしたいと存じますので、どうぞよろしくお願い申し上げます。
④ 今後ともよろしくお願い申し上げます。

敬語に挑戦！❷（p.78）

① このたび、当社経理システム改変のため、きたる4月1日より弊社の支払日を下記のとおり変更させていただきます。
② 貴社にはご不便をおかけしますが、ご理解とご協力のほどよろしくお願い申し上げます。
③ なお、正式な支払い条件変更についての書状は、後日ご送付いたします。

敬語に挑戦！❸（p.136）

① さて、5月12日付納品のARS-5-PKに不良品が混在していたとのこと、大変申し訳なく、心よりお詫び申し上げます。
② 不良品11個につきましては、本日代替品を発送いたしました。ご検収のほどよろしくお願いいたします。
③ 今後はこのようなことが二度と起こらぬよう、品質管理のチェック体制を強化し、十分注意してまいりますので、今回のことはなにとぞご容赦いただきますよう、お願い申し上げます。

敬語に挑戦！❹（p.182）

① たいへん申し訳ございませんが、2月25日付でご注文いただきました「マッサージピロー」は、昨年12月で生産打ち切りとなり、在庫も全て売り切れてしまいました。
② せっかくご注文いただきましたのに、ご希望に添えず誠に恐縮です。
③ そこで、価格及び性能において、ほぼ同等の新商品「マッサージクッション」でしたら、すぐに納品可能ですが、いかがでございましょうか。
④ 「マッサージクッション」のパンフレットと関連資料を添付ファイルでお送りいたしましたので、よろしくご検討のほどお願い申し上げます。

解答

① ご注文いただいた「XP10-600」につきまして、ご注文の 50 台中 5 台が、在庫不足のため、ご指定の日に納品できない状態になっております。
② 確実な発送期日が決まり次第、すぐにご連絡させていただきます。
③ お急ぎのところ申し訳ございませんが、なにとぞご了承くださいますよう、よろしくお願い申し上げます。
④ メールにて恐縮ですが、お詫びとご連絡を申し上げます。

やってみよう！❶ (p.68)

問題 1　解答例

件名：新規お取引のお願い

上松通商株式会社
ご担当者様

貴社ますますご隆盛のこととお慶び申し上げます。

さて、突然でまことに失礼と存じますが、
貴社との新規お取引をお願い申し上げたく、
メールを差し上げた次第です。

弊社は 1984 年創業の台湾の貿易会社で、
東南アジアを中心に取引をしております。
このたび日本企業とのお取引を検討しておりましたところ、
貴社のＨＰにて貴社製品を拝見し、ぜひともお取引願いたいと存じた次第です。

弊社につきましては、下記 URL で会社概要・製品紹介をしております。
お手数ですが、一度ぜひご覧いただけますようお願い申し上げます。

まずは、新規お取引のお願いにつき、よろしくご検討のほどお願い申し上げます。

（署名）

問題 2　解答例

件名：カタログ送付のお願い

ABC 株式会社
営業部　水島太郎様

いつもお世話になっております。
○○有限公司の○です。

さて、先日御社より新製品「伸縮ステッキ」シリーズのお知らせをいただき、弊社も大変関心を持っております。

つきましては、同商品のカタログ及び価格表を各 10 部ずつ、ＥＭＳにて至急お送りいただけないでしょうか。

お手数をおかけしますが、どうぞよろしくお願い申し上げます。

（署名）

問題 3　解答例

件名：　商品在庫のご照会

株式会社 SEED
物流課　坂本清人様

いつもお世話になっております。
早速ですが、貴社の下記商品について在庫状況をお伺いします。

下記の数量、納期でのお手配は可能でしょうか。
品切れの場合は、入荷予定をお教えいただければ幸いです。

取り急ぎ、在庫状況のご照会まで。

…………………記…………………
商品名：
六角ナット（C-NT-1/6）　　100 個
Ｔ型継ぎ手（C-30T-1/6）　25 個
納期：11 月 3 日

以上

（署名）

問題1　解答例

件名：「ビューティー」ご注文ありがとうございました。

株式会社 XYZ
海外部品部　中山淑子様

このたびは弊社製品をご注文いただき、まことにありがとうございます。

2月19日付ご注文、確かに承りました。
ご注文いただいた「美顔ローラー　ビューティー」100個の納品日時は3月10日を予定しております。

ご質問、ご不明な点がございましたら、わたくし○まで、お問い合わせください。
今後ともご愛顧のほど、よろしくお願い申し上げます。

まずは取り急ぎご注文のお礼まで。

（署名）

問題2　解答例

件名：「ウルトラパワーM」値引きのご依頼について

NYC 株式会社
高田誠様

いつもお世話になっております。

このたび弊社「ウルトラパワーM」の納入価格の値引きご依頼につきまして、まことに申し訳ありませんが、これ以上の値引きは、どうしてもお受けできかねます。

貴社のご事情は十分に承知しておりますが、ご存知のように、原材料費の高騰により、現行の価格を維持することがたいへん難しい状況にあります。

ご要望に添えず、まことに心苦しいのですが、なにとぞ事情をご賢察のうえ、あしからずご了承くださいますようお願い申し上げます。

まずはお詫びかたがたご返答申し上げます。

（署名）

問題1　解答例

件名：「100S-ZEN」価格改定のお知らせ

山風株式会社
物流部　菊池勝男様

平素よりお引き立てありがとうございます。

さて、弊社製品「100S-ZEN」でございますが、最近の原油価格の高騰により、従来の価格を維持することが困難になってまいりました。

つきましては、まことに申し訳ないのですが、2013年4月1日ご注文分より、価格改定をさせていただくことになりました。
今後も品質維持とサービス向上により一層努力してまいる所存です。

なにとぞ事情をご賢察のうえ、ご了承くださいますようよろしくお願い申し上げます。

…………記……………
対象商品「100S-ZEN」
旧価格 2500 円
新価格 2800 円
実施時期 2020 年 4 月 1 日注文分より

以上

（署名）

解
答

やってみよう！❹ (p.188)

問題1　解答例

件名：「アロマミスト」品違いについて
株式会社ウメムラ
末野勉様

いつもお世話になっております。

12月10日付で貴社より発送いただいたアロ
マミスト（ミント）50個が本日着荷いたしま
した。

早速検品いたしましたところ、50個のうち10
個がアロマミスト（ローズ）でした。

つきましては、誤送の品は運賃着払いにて返
品いたしますので、大至急アロマミスト（ミ
ント）10個をお送りいただきたいと存じます。

よろしくお願い申し上げます。

（署名）

問題2　解答例

件名：「LL-2-150-BL」不良品に対するお詫び
玉森電子部品株式会社
営業部　内村義一様

平素は格別のご高配を賜り、厚く御礼申し上
げます。

10月8日納品の「LL-2-150-BL」10個に不良品
が混在していたとのご連絡を受け、
大変申し訳なく、心よりお詫び申し上げます。

不良品1個につきましては、本日代替品をお
送りいたしました。ご検証のほどよろしくお
願いいたします。

今後はこのようなことが二度と起こらぬよう、
品質管理のチェック体制を強化し、十分注意
してまいりますので、

今回のことはなにとぞご容赦いただきますよ
う、お願い申し上げます。

メールにて恐縮ではございますが、まずはお
詫びとご連絡まで。

（署名）

問題3　解答例

件名：（至急）「KSFT-2」納品のお願い
川西通商株式会社
和田幸雄様

いつもお世話になっております。

8月30日付のメールで発注いたしました、
「KSFT-2」20ケースですが、本日現在、いまだ
納品されておりません。
さらに、この遅れに関するご連絡やご説明も
いただいておりません。

至急ご確認のうえ、すぐに商品を発送してい
ただきたく、お願い申し上げます。

まずは早急に遅延のご事情と納品予定日につ
きまして、折り返しご回答くださいますよう
お願い申し上げます。

（署名）

やってみよう！❺ (p.226)

問題1　解答例

件名：「第30回△△物産展」出展のご案内
博愛堂株式会社
中村義一様

いつもお世話になっております。

さて、「第30回△△物産展」が下記のとおり
開催される運びとなりましたので、
ぜひご出展くださいますよう、よろしくお願
い申し上げます。

「第 30 回△△物産展」は言うまでもなく宣伝効果が非常に大きく、
貴社製品を広くアピールできる絶好の機会になると存じます。

なお詳細につきましては、添付いたしました資料をご覧くださいませ。
取り急ぎご出展のご案内まで。

...................記...................

開催期間：6 月 10 日～6 月 13 日
会　　　場：台北○○貿易センター
以上

（署名）

やってみよう！❻（p.259）

問題 1　解答例

件名：お祝いありがとうございました。

株式会社フジマル
大野和也様

いつもお世話になっております。

さて、このたびは私の結婚に際しまして、
心のこもったお祝いの品を頂戴し、
厚く御礼申し上げます。

日ごろ格別のご指導を願っております上に、
私事にまでこのようなご厚志をいただき、
大変恐縮しております。

今後とも一層職務に励む所存でございますので、なにとぞよろしくお願い申し上げます。

略儀ではございますが、メールにてお礼申し上げます。

（署名）

やってみよう！❼（p.276）

問題 1　解答例

件名：旧正月休暇のお知らせ

株式会社フジガヤ　営業二課
武藤幸治様

平素よりお引き立てありがとうございます。

さて、本年度、当社の旧正月休暇は下記のとおりです。
ご迷惑をおかけしますが、よろしくご了承のほどお願い申し上げます。

旧正月休暇：1 月 21 日（土）～1 月 29 日（日）
なお 1 月 30 日（月）からは、通常どおりの営業となります。

以上、お知らせまで。

（署名）

問題 2　解答例

件名：担当者変更のごあいさつ

中山電気株式会社
海外営業部　村上正様

いつもたいへんお世話になっております。

担当者変更のお知らせをさせていただきます。
人事異動のため、4 月 1 日より同じ課の許○○が新たに貴社を担当させていただくことになりました。
近日中に本人がご挨拶にお伺いする予定です。

今後もよろしくご指導ご鞭撻を賜りますよう、お願い申し上げます。

まずは、取り急ぎお知らせまで。

（署名）

解
答

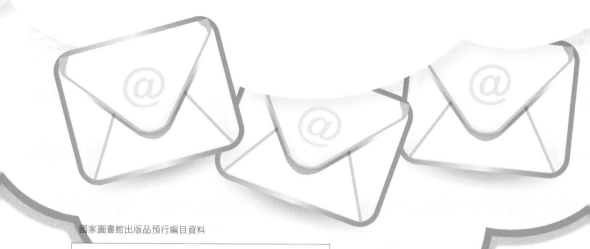

國家圖書館出版品預行編目資料

商用日文 Email 範例 / 堀尾友紀 , 藤本紀子 , 田中綾子著 ;
江秀月譯 . -- 二版 . -- [臺北市] : 寂天文化 , 2019. 09
面； 公分

ISBN-13：978-986-184-837-7（20K 平裝）

1. 商業書信　2. 商業應用文　3. 電子郵件　4. 日語

493.6 108013335

商用日文 E-mail 範例【二版】

作　　　者	堀尾友紀／藤本紀子／田中綾子	
譯　　　者	江秀月	
審　　　定	田中綾子	
校　　　對	楊靜如	
編　　　輯	黃月良	

製 程 管 理	洪巧玲
內 文 排 版	謝青秀
版 型 設 計	蔡怡柔
出　 版　 者	寂天文化事業股份有限公司
電　　　話	+886 (0)2-2365-9739
傳　　　真	+886 (0)2-2365-9835
網　　　址	www.icosmos.com.tw
讀 者 服 務	onlineservice@icosmos.com.tw
出 版 日 期	2019 年 9 月　　　二版一刷　　　　2021

本書由《商用日文書信範例》改編而成
Copyright © 2019 by Cosmos Culture Ltd.
版權所有　請勿翻印

郵 撥 帳 號　1998620-0　　　　　寂天文化事業股份有限公司
• 劃撥金額 600（含）元以上者，郵資免費。
• 訂購金額 600 元以下者，外加 65 運費。